Le Petit Nicolas et les copains

プチ・ニコラと仲間（なかま）たち

コラシリーズ❹

ゴシニ／文　小野萬吉／訳

世界文化社

Sommaire
もくじ

Nicolas
ニコラ

Maman
ママ

《雨が降って、人がいっぱいいるときは、ぼくは家にいるのが好きだ。だってママが、おいしいおやつをいっぱい作ってくれるからね》

Papa
パパ

《ぼくが学校から帰るより遅く会社から帰ってくるけど、パパには、宿題がないんだ》

Alceste

アルセスト

《ぼくの親友で、いつもなにか食べてるふとっちょなんだよ》

Clotaire

クロテール

《成績がクラスのビリ。先生に質問されると、いつも休み時間がなくなっちゃうんだ》

Agnan

アニャン

《成績がクラスで一番で、先生のお気に入り。どうにも虫が好かないやつなんだ》

Geoffroy

ジョフロワ

《大金持ちのパパがいて、ほしいものはなんでも買ってもらえる》

Rufus

リュフュス

《ホイッスルをもってるよ。パパはおまわりさんだ》

Eudes

ウード

《とても力持ちで、クラスメートの鼻の頭にパンチをくらわせるのが大好きなんだ》

Joachim

ジョアキム

《ビー玉遊びが大好き。とっても上手で、ねらったら、パチン！　まず、はずさないね》

Marie-Edwige

マリ・エドウィッジ

《とてもかわいいから、大きくなったら、結婚するつもりなんだ》

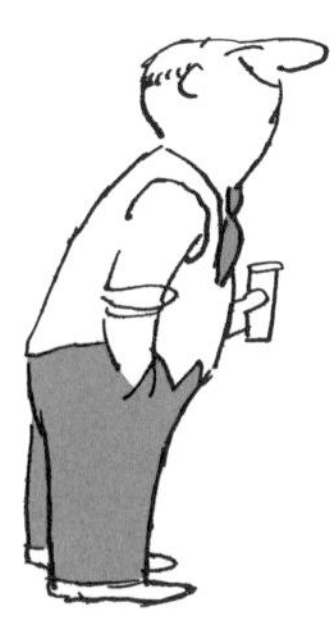

M. Blédurt

ブレデュールさん

《ぼくらのおとなりさんで、パパをからかうのが大好きなんだ》

Mémé

メメ

《たくさんプレゼントをくれて、ぼくがなにか言うたびに、大笑いするやさしいおばあちゃんだよ》

Le Bouillon

ブイヨン

《生徒指導の先生で、いつも「わたしの目をよく見なさい」と言うから、このあだ名がついた。ブイヨン・スープには油の目玉が浮かんでいる。それを考えついたのは、上級生たちなんだ》

La maîtresse

先生

《ぼくらがひどい悪ふざけをしなければ、先生はとてもやさしくて、とてもきれいなんだよ》

Clotaire a des lunettes !

クロテールがめがねをかけた！

※[1] クロテールがめがねをかけてる！
※[2] いいなあ！
※[3] すごいなあ　クロテールのめがねは！

けさ、クロテールがめがねをかけて学校にきたので、ぼくらはびっくりしてしまった。クロテールはいいやつだけど、成績はクラスでビリなんだ。めがねをかけさせられたのも、そのせいらしい。

「お医者さんがね」と、クロテールはぼくらに説明した。「ぼくがいつもビリなのは、たぶん授業ちゅうに黒板がよく見えないからだろうって、パパとママに言ったんだ。それでぼくは、めがね屋さんにつれて行かれて、めがね屋のおじさんが器械でぼくの目をしらべたんだ。べつに、いたくもなんともなかったけどね。おじさんはぼくに、わけのわからない字をたくさん読ませてから、このめがねをかけさせたんだ。だから、見てろよ！　ぼくはもうビリじゃなくなるぞ」

ぼくもクロテールのめがねには、ちょっとおどろいた。だって、クロテールが授業ちゅうに黒板が見えないのは、いつも居眠りをしているからなんだ。だけど、めがねをかけたら、これまでみたいに居眠りができなくなるんだろうな。いままでめがねをかけていたのは、クラスで一番のアニャンひとりだけで、めがねをかけているから、ひっぱたいてやろうと思ってもなかなかひっぱたくことができないんだ。

アニャンは、クロテールがめがねをかけているのを見て、おもしろくなかった。先生のお気に入りのアニャンは、だれかが自分をぬいて一番になりはしないかと、いつもいつも心配している。だからぼくらは、こんどはクロテールが一番になるだろうと思うと、とてもうれしかった。クロテールって、最高のクラスメートなんだ。

「ぼくのめがねを見たろ?」と、クロテールがアニャンにきいた。「これからはぼくが、なんでも一番になるんだ。黒板を消すのも、先生に言われて地図をとりに行くのも、ぼくがやるんだ！　ワーイ、やったぞ！」

「ちがうね、きみ！　とんでもないよ！」と、アニャンが言った。「一番は、ぼくだ！　だいいち、きみなんか、学校にめがねをかけてくる権利がないんだぞ！」

「じょうだんじゃない！　ぼくにだって権利があるぞ！」と、クロテールが言った。「先生のお気に入りは、もうきみひとりじゃ

ないんだ！　ワーイ、ざまあみろ！」

「それならぼくも」と、リュフュスが言った。「ぼくもパパに言って、めがねを買ってもらうぞ。そうすれば、ぼくも一番だ！」

「ぼくらみんな、パパに言って、めがねを買ってもらおうぜ」と、ジョフロワが言った。

「みんな一番で、みんな先生のお気に入りになるんだ！」

するとアニャンが、大声でわめいて泣き出したので、大さわぎになった。アニャンは、こんなのいんちきだ、だれも一番になる権利はないぞ、ぼくはかわいそうだ、みんながぼくをいじめる、ぼくはとても不幸だ、自殺してやる、と言った。

　そこへブイヨンがかけつけてきた。ブイヨンはぼくらの生徒指導の先生だけど、どうしてこんなあだ名がついたのかは、前に話したと思う。

「いったいなにごとだね？」と、ブイヨンが大声できいた。「アニャン！　きみはなぜ、そんなに泣いているんだね？　さあ、わたしの目をよく見て、返事をしなさい！」

「みんなが、めがねをかけたがるんです！」と、アニャンは、しゃくり上げながらこたえた。

ブイヨンはアニャンの顔を見つめて、それからぼくらを見た。ブイヨンは片手で口もとをなでながら、ぼくらに言った。

「さあみんな、わたしの目をよく見なさい！　わたしは、きみたちのばかさわぎの事情を知ろうなどとは思わん。ただきみたちに言えることはだ、もしまださわぎをつづけるなら、きびしい罰をあたえる！　それだけだ。

アニャン、水をのんできなさい、息をしないでのむんだ。それからほかの者は、いまわたしが言ったことを、わすれないように！」

そう言うとブイヨンは、まだしゃくり上げているアニャンをつれて、教室を出て行った。

「ねえ」と、ぼくはクロテールにきいた。「ぼくらが先生に質問されたら、きみのめがねを貸してくれないか？」

「そうだ、テストのときにたのむよ！」と、メクサンが言った。

「テストのときは、だめだ」と、クロテールが答えた。「だって、ぼくが一番にならないと、ぼくがめがねをかけていなかったことがパパにばれてしまうだろ。そうすると、めん

どうなことになるんだよ。だってパパは、ぼくが自分の持ちものを人に貸すのが、すきじゃないんだ。でも、先生に質問されたときなら、いいよ」

　クロテールって、ほんとに最高のクラスメートなんだ。

　そこでぼくはクロテールに、かけてみたいからめがねを貸して、とたのんだ。それでめがねをかけてみたけど、ほんとうのところ、クロテールがどうして一番になれるのか、ぼくにはわからなくなった。だって、クロテールのめがねをかけると、なにもかもななめに見えるし、足を見ると足が顔のすぐそばにあるように見えるんだもの。

　それからぼくは、めがねをジョフロワにわたした。ジョフロワはリュフュスに、リュフュスはジョアキムに、ジョアキムはメクサンにまわした。メクサンがめがねをウードに投げわたすと、ウードは寄り目をして見せて、ぼくらを大笑いさせた。それからアルセストがめがねをとろうとしたら、そこでもめごとがはじまった。

「きみはだめだ」と、クロテールが言った。「手がバターでべとべとしてるから、ぼくのめがねがよごれちゃうよ。見えなくなっためがねなんて、かけてもしょうがないし、めがねをきれいにするのは、たいへんなんだ。それに、もしどこかのまぬけがバターだらけの大きな手でめがねをよごして、それでぼくがまたビリになったら、パパがもう、テレビを見せてくれなくなるからね！」

そう言ってクロテールはめがねをとりもどしたけど、アルセストはおもしろくなかった。

「バターだらけの大きな手で、一発なぐってもらいたいのかい？」と、アルセストがクロテールに言った。

「そんなことはできないね」と、クロテールがやり返した。「ぼくは、めがねをかけているんだよ。ワーイ、ざまあみろ！」

「それじゃあ、めがねをとれよ！」と、アルセストが言った。

「いやだね」と、クロテール。

「へん！　なにがクラスで一番だい」と、アルセストが言った。「一番なんて、みんなおなじだ！　腰ぬけだ！」

「腰ぬけだと、このぼくが？」と、クロテールがさけんだ。

「腰ぬけだとも、だって、めがねをかけてるじゃないか！」と、アルセストもさけんだ。「よし、腰ぬけかどうか見せてやる！」と、クロテールは、めがねをはずしながら大声で言った。

　ふたりともすごくカッカしてたけど、ブイヨンがかけつけてきたので、けんかにはならなかった。

「こんどはなんだね？」と、ブイヨンがきいた。

「クロテールがぼくに、めがねを貸してくれないんです！」と、アルセストが大声で言った。

「だってアルセストは、ぼくのめがねにバターをつけようとするんです！」と、クロテールもさけんだ。

ブイヨンは両手を顔にあて、ほおをはさむようにした。ブイヨンがこんなふうにするときは、要注意なんだ。

「ふたりとも、わたしの目をよく見なさい！」と、ブイヨンが言った。「きみたちがなにをしでかしたのかは知らんが、わたしは、めがねの話なんかききたくない！　あしたまでに、――ぼくは、休み時間に、ばかげたことを言ったり、生徒指導の先生が出向かなければならないようなさわぎをおこしたりしてはいけない――という文の動詞を活用させてきなさい。いいね、直接法の過去・現在・未来形に変化させること！」

そしてブイヨンは、授業開始のカネをならしに行った。

整列のとき、クロテールはアルセストに、両手をきれいにするなら、めがねを貸してあげてもいい、と言った。ほんとうに最高のクラスメートなんだよ、クロテールって。

地理の時間がはじまって、クロテールは、両手を上着できれいにぬぐったアルセストに、めがねをわたした。それでやっとめがねをかけられたんだけど、アルセストは、ついてなかった。ちょうど目の前に先生がいたのが、見えなかったんだ。

「ふざけるのはおやめなさい、アルセスト！」と、先生が大声で言った。「寄り目をしてはいけません！　そんなことをしていると、ほんとうに寄り目になりますよ。とにかく、廊下に出ていなさい！」

アルセストはめがねをかけたまま教室から出て行ったけど、もうすこしでドアにぶつかるところだった。

それから先生は、クロテールに、黒板の前に出るように言った。

だけどクロテールは、めがねがないので、うまく答えることができなかった。もちろん、クロテールは0点をもらった。

Clotaire
a des
lunettes!※

※クロテールがめがねをかけてる！

Le chouette bol d'air

心安らぐいなか暮らし

日曜日、パパとママとぼくは、ボングランさんの新しい、いなかの別荘に招待された。ボングランさんは、パパがつとめている会社の経理係で、ぼくとおなじ歳でコランタンという名まえの、とてもおとなしい男の子がいるらしいんだ。

ぼくは、とてもうれしかった。いなかへ行くのは大すきなんだもの。

パパの話によると、ボングランさんが別荘を買ったのはついこのあいだのことで、ボングランさんの説明では、その別荘は町からそう遠くないということだった。

ボングランさんはパパに、電話で道順をくわしく教えてくれたし、パパはそれをメモしていたから、ボングランさんの別荘へ行くのはとてもかんたんなように思えた。まっすぐ走って、最初の信号を左にまがる、それから鉄橋の下をくぐって、またまっすぐ交差点まで走る。交差点を左にまがり、その先をもう一度左にまがって、大きな白い農場まで行ったら、こんどは細い土の道を右にまがって、そこからはまっすぐ進み、ガソリンスタンドをすぎて左にまがれば到着だ。

パパとママとぼくは、うんと朝早く車で出発した。パパは、はじめのうちは鼻歌をうたいながら運転していたけど、道路が車でいっぱいになったら、うたうのをやめてしまった。車は、ぜんぜん進まなかった。

それからパパは、まがらなくちゃいけない信号を見落としたけど、へいきへいき、つぎの交差点をまがって元の道にもどるから、だいじょうぶだよと言った。ところが、つぎの交差点は工事ちゅうで、〈まわり道をしてください〉という立てふだが出ていた。それで、ぼくらは道にまよってしまった。

パパはママに、メモの指示をまちがって教えたと言って、おこった。それからパパは、いろんな人に道をきいたけど、だれも知らなかった。ぼくらはお昼ごはんのころになってボングランさんの別荘についたけど、それでやっとパパとママは口げんかをやめたんだ。

ボングランさんは、庭の門の前で、ぼくらを出むかえてくれた。

「ようこそ、都会のお客さんがた」と、ボングランさんが言った。「やっとお着きですな！朝ねぼうをしたんでしょう？」

そこでパパが、ぼくらが道にまよったのでおくれたことを説明したら、ボングランさんはとてもおどろいた顔をした。

「いったいどこでまちがえると言うんだい？　まっすぐの一本道をくるだけなのに！」

そしてぼくらは、ボングランさんに案内されて別荘の中に入った。

ボングランさんの別荘はすごいんだ！　そんなに大きくはないけど、きれいなんだ。

「ちょっと失礼」と、ボングランさんが言った。「妻を呼んできます」

そしてボングランさんは大きな声で、

「クレール！　クレール！　みなさんがお見えだよ！」とさけんだ。

するとおばさんが、両目をまっかにして、せきこみながらやってきた。まっ黒けのエプロンをしたおばさんが、ぼくらに言った。

「ごらんのとおり炭でまっ黒なので、握手もできませんの！　朝から、キッチンを使えるようにいろいろ準備しているんですが、なかなかうまく行かなくって！」

ボングランさんは、大声で笑いはじめた。

「まったく、そのへんが、いなかふうなんですよ」と、ボングランさんが言った。「でも、これこそ田園の生活ですな！　都会のマンションのように、電気をつかって料理をつくるというわけには行かないんでしてね」

「あら、どうしてです？」と、ボングランおばさんがきいた。

「その話は、二十年してこの別荘のローンをはらいおわったら、また考えよう」と、ボングランさんが言った。そしてボングランさんは、また大声で笑いはじめた。

ボングランおばさんは、笑わなかった。

「失礼しますわ、お昼のしたくがありますので。お昼も、うんといなかっぽいものになると思いますけど」と言いながら、部屋を出て行った。

「ところでコランタンは？」と、パパがきいた。「ここにはきてないのかい？」

「いるとも」と、ボングランさんが答えた。「あのいたずらぼうずなら、罰をくらって部屋にいる。けさ、あの子が、おきたとたんになにをしでかしたと思う？　まずわかりっこないね。あの子は、木にのぼってプラムの実をとろうとしたんだ！　わかるだろ？　ここの木の一本一本が、わたしにとってはひと財産なんだ。子どもが枝を折って遊ぶために植えてあるんじゃない。なっ、わかるだろ？」

それからボングランさんは、ニコラがきたからコランタンの罰もおしまいにしよう、ニコラはおとなしい、いい子だから、庭や野菜畑を荒らさないだろうからね、と言った。

コランタンがやってきて、ぼくのパパとママにあいさつをした。ぼくらは握手をした。コランタンはかなりいいやつのようだけど、学校の友だちほどじゃなかった。なんてったって、ぼくのクラスメートたちは、ものすごいんだから。

「庭で遊ぼうか？」と、ぼくがきいた。

コランタンがコランタンのパパの顔を見ると、コランタンのパパはこう言った。

「庭で遊ぶのは、よしなさい。もうすぐ食事だし、家の中を泥だらけにされてもこまるしな。けさもママは、おまえがもちこんだ泥のそうじで、たいへんだったんだから」

それでコランタンとぼくはいすに腰かけ、おとなたちが食前酒をのんでいるあいだ、雑誌を見ていた。それは、もうぼくが家で読んでしまっていた雑誌だったけど、その雑誌をぼくらは何度も読まなければならなかった。なぜって、ボングランおばさんは食前酒ものまないで料理をしてたけど、とても手間どっていたからなんだ。

ようやくおばさんがやってきて、エプロンをはずしながら言った。

「お待たせしました……お食事ですよ！」

ボングランさんはオードブルのトマトを自慢して、これはうちの野菜畑でとれたものなんだ、と説明した。するとパパが笑って、トマトはまだ熟れていないようですね、すこしかたいみたいですよ、と言った。

するとボングランさんは、

「なるほど、たしかに完全に熟れてはいないかもしれないが、でもこのトマトは、市場にならんでいるトマトとはひと味ちがうはずだよ」と、答えた。

ぼくがうんと気に入ったものといえば、オイル・サーディンだったんだけどね。

それからボングランおばさんがロースト・チキンを出してくれたけど、これがすごかった。外がわはまっ黒だけど、中はぜんぜん焼けてないみたいだったんだ。

「ぼくはいらない」と、コランタンが言った。「なま肉はきらいなんだ！」

するとボングランさんはコランタンをギロッとにらみつけ、罰をうけたくなかったら早くトマトをおわらせて、出された肉を食べなさい、と言った。

つけあわせのポテトも、しんがすこしかたくて、へんだった。

お昼ごはんのあと、みんなサロンに行って腰かけた。コランタンはまた雑誌を手にし、ボングランおばさんはママに、町の家のほうにはお手つだいさんがいますけど、そのお手つだいさんも、日曜日にいなかまではきてくれないんですよ、と説明していた。ボングランさんはパパに、この家にどれくらいお金がかかったか、自分がどれほどじょうずな買いものをしたかを話していた。

ぼくはちっともおもしろくなかったので、コランタンに、お日さまが出てるのに外に行って遊べないのかい、ときいた。コランタンは、コランタンのパパを見た。するとボングランさんが言った。

「もちろん、いいとも。ただし、芝生の上じゃなくて通路で遊びなさい。うんと遊んでおいで。いい子にするんだよ」

外に出ると、コランタンがぼくに、ペタンク（金属製の玉を、的をめがけて投げるゲーム）をやろうと言った。ぼくはペタンクが大すきで、ねらいをつけるのがとてもうまいんだ。ぼくらは通路でペタンクをすることにしたけど、通路は一本しかなくて、それがまたせまかった。

それにしても、コランタンは用心しすぎるように思えた。

「気をつけてね」と、コランタンがぼくに言った。「もし玉が芝生のところに入ったら、もうとれなくなるからね！」

そしてコランタンが玉を投げたけど、コランタンの玉はぼくの玉をはずれて、ドン！と芝生の上に落ちた。すぐに家の窓がひらいて、おこって顔をまっかにしたボングランさんが、「コランタン！」とどなった。

「芝生をいためるなって、何度言ったらわかるんだ！　その芝生を作るのに植木屋さんが何週間もかかったんだぞ！　いなかにきたとたんに、おまえは手におえなくなる！　さあ、夕方まで部屋に入ってなさい！」

コランタンは泣きながら、部屋にもどって行った。それでぼくも家の中に入った。

でも、ぼくらはもう、それほど長くいなかった。パパが、ラッシュをさけるために早く帰りたいと言ったからだ。ボングランさんは、それは賢明だよ、わたしたちも妻がキッチンのあとかたづけをおえたら、できるだけ早く町に帰るつもりだ、と言った。

ボングラン夫妻は、ぼくらを車のところまで送ってくれた。パパとママはボングランさんたちに、わすれられないようなすばらしい一日をすごせました、と言った。そしてパパが車を出そうとしたそのとき、ボングランさんが近づいてきて、運転席のパパに話しかけたんだ。

「どうしてきみも、わたしのように、いなかに別荘を買わないんだい？　もちろん、わたし個人は、別荘などなくてもへいきさ。だけどね、自分のことばかり考えていてはよくない！　いなかの別荘が妻や子どもにとってどれほどすばらしいか、きみにはわからんだろうな。日曜日ごとの、青空いっぱいの空気と、このくつろぎと言ったら！」

Les crayons de couleur

色(いろ)えんぴつにご用心(ようじん)……

けさ、学校へ行くまえに、郵便屋さんがぼくに小包をとどけてくれた。メメ（おばあちゃん）からのプレゼントだった。郵便屋さんって、最高だね！

朝のカフェ・オ・レ（ミルクコーヒー）をのんでいたパパは、

「やれやれ、これでまたひとさわぎだな！」と言った。

それを聞いて、ママがつむじをまげた。ママは、ママのママ、つまりぼくのメメがなにかするたびにパパがけちをつける、と大声で言いはじめた。

パパが、自分のカフェ・オ・レをゆっくりした気分でのみたいだけさと言うと、ママはパパに、ええ、そうでしょうとも！　どうせわたしは、カフェ・オ・レをいれておそうじをしていればいいんでしょ、と言っ

た。パパは、そんなことは言っていない、自分はママがカフェ・オ・レをいれるのに必要なお金をかせぐために外で一生けんめいにはたらいているのだから、家の中ではゆっくりくつろがせてもらいたいんだ、それがどれほど大げさな要求だと言うんだい、と言った。

パパとママがこうしてお話をしているあいだに、ぼくは小包をあけた。

やったぞ、色えんぴつの箱が出てきたんだ！　とってもうれしかったので、ぼくは色えんぴつの箱をもったまま食堂の中を走ったり、とんだりはねたりおどったりしたので、色えんぴつが全部床に落ちてしまった。

「そら、はじまった！」と、パパが言った。

「あなたのおっしゃることはわからないわ」と、ママ

が言った。「だいいち、この色えんぴつが、どんなさわぎをひきおこすと言うんです！　わたしには見当もつかないわ！」

「いまにわかるよ」と、パパが言った。

そしてパパは会社に出かけた。ママはぼくに、学校におくれるから、早く色えんぴつをひろいなさい、と言った。

それでぼくは大いそぎで色えんぴつを箱にもどして、色えんぴつを学校にもって行っていい?とママにきいた。ママは、いいですよ、でも、その色えんぴつでいたずらしちゃだめよ、わかったわね、と言った。ぼくは約束し、色えんぴつの箱をカバンに入れて家を出た。

ぼくには、パパとママの考えていることがわからない。だって、ぼくがプレゼントをもらうたびに、パパとママは、ぼくがばかなことをしでかすと思いこんでいるんだもの。

ぼくが学校についたちょうどそのとき、教室に入る合図のカネがなった。

ぼくは色えんぴつをもらったのがうれしくて、仲間たちに見せたくてウズウズしていた。

これはほんとうのことだけど、学校へなにか物をもってくるのは、いつも、大金持ちのパパになんでも買ってもらえるジョフロワなんだ。だから、ジョフロワに色えんぴつを見せてやれると思うと、ぼくは大満足だった。すてきなプレゼントをもらうのはジョフロワひとりじゃないんだからな、ジョフロワだけに、いい目をさせておくなんて、まったく、ほんとに、じょうだんじゃないよ……。

授業がはじまって、先生がクロテールを黒板の前に呼んで質問しているあいだに、ぼくは色えんぴつの箱を、となりの席にすわっているアルセストに見せた。

「なんだい、ただの色えんぴつじゃないか」と、アルセストは言った。

「メメがおくってくれたんだ」と、ぼくは説明した。

「それはなんだい？」と、ジョアキムがきいた。

そこでアルセストは、色えんぴつの箱をジョアキムにわたし、ジョアキムがメクサンに、メクサンがウードに、ウードがリュフュスに、そしてリュフュスがジョフロワにわたしたら、ジョフロワはへんな顔をした。

みんなが箱をあけて色えんぴつをとり出してながめたり、ためしに書いてみようとしているので、ぼくは先生に見つかって色えんぴつをとり上げられやしないかと心配になった。そこでジョフロワに、箱を返してくれるよう身ぶりで合図したけど、そのとき先生がさけんだ。

「ニコラ！　なにをふざけて、ゴソゴソやっているんですか？」

ぼくは先生の声にびっくりして、とてもこわかったので泣き出した。そして先生に、メメがおくってくれた色えんぴつをもってきたこと、ほかの子たちに色えんぴつを返してもらいたいんだということを説明した。

先生はぼくをこわい目でギロッとにらんでから、ためいきをついて、言った。

「わかりました。ニコラの色えんぴつの箱をもっている人は、ニコラに返しなさい」

ジョフロワが席を立って、ぼくに色えんぴつの箱を返しにきた。ところが、箱の中をしらべると、色えんぴつがたくさんなくなっていた。

「まだなにかあるの？」と、先生がきいた。

「色えんぴつがたりません」と、ぼくは言った。

「ニコラの色えんぴつをもっている人は、ニコラに返しなさい」と、先生が言った。

するとみんなが席を立って、色えんぴつをもってぼくのところにやってきた。

先生は定規で教卓をたたき、ぼくら全員に罰をあたえた。ぼくらは、――ぼくは色えんぴつを口実につかって授業を中断させ、教室でさわぎをおこしたりしてはいけない――という文の動詞の変化をやってくることになった。罰をうけなかったのは、先生のお気に入りで、おたふくかぜにかかって学校を休んでいたアニャンをべつにすれば、黒板の前で質問をうけていたクロテールだけだった。でもクロテールは、質問されるといつもそうなるんだけど、休み時間をとり上げられてしまったんだ。

休み時間のカネがなると、ぼくは色えんぴつの箱をもって外に出た。罰をうける心配をせずに、なかまと色えんぴつのことを話せるからだ。でも、校庭でぼくが箱をあけたら、黄色のえんぴつがなくなっていたんだ。

「黄色のえんぴつがたりない！」と、ぼくはさけんだ。「だれかぼくに、黄色のえんぴつを返してよ！」

「色えんぴつで、またごたごたはじめるのかい」と、ジョフロワが言った。「きみのせいで、ぼくらみんなが罰をうけたんだぞ！」

それでぼくは、すっかり頭にきてしまった。

「きみたちがふざけたりしなければ、なんにもおこらなかったんだ」と、ぼくは言ってやった。「そうだよ、みんなぼくがうらやましいんだ！　もし、ぬすんだやつが見つからなかったら、先生に言いつけるぞ！」

「黄色のえんぴつはウードがもっている」と、リュフュスがさけんだ。「ウードがまっかな顔になったぞ！……ねえ、きみたちわかった？　いまのは、じょうだんさ。ウードがまっかな顔をしてたので、ぼくは、ウードが黄色のえんぴつをとったと言ったんだ！」

するとみんなは笑いはじめ、ぼくも笑った。だってこれは、信じられないくらいおもしろい話なんだもの、帰ったらパパにも話してあげるんだ。

たったひとり、ウードだけは笑わなかった。ウードはリュフュスのほうに向かって行き、リュフュスの鼻の頭にパンチをくらわせた。

「さあ、もう一度言ってみろ、だれがぬすんだって？」と、ウードが言った。それからウードは、ジョフロワの鼻の頭にもパンチをくらわせた。

「ぼくはなにも言ってないよ！」と、ジョフロワがさけんだ。ジョフロワは顔をなぐられるのがきらいだったし、とくにウードのパンチは強烈だから、いやなんだ。それがとつぜん鼻の頭にパンチをくらったもんだから、ジョフロワのおどろいた顔といったら！　ぼくは、笑ってしまった。

　するとジョフロワはぼくのほうにかけてきて、ぼくの顔をいきなりパチンとたたいた。それで色えんぴつの箱が地面に落ちてしまい、ぼくらはみんなでとっくみ合いになった。ブイヨン——ぼくらの生徒指導の先生だ——が走ってきてぼくらをひきはなしたけど、ブイヨンはぼくらのことを、手におえないれんちゅうだと言った。ブイヨンはぼくらに、さわぎの原因なんか言わなくてもいいと言って、全員、罰として百行の書きとりをやってくるように、と言った。

「ぼくは関係ないんです」と、アルセストが言った。「ぼくはジャムパンを食べていました」

「ぼくも関係ありません」と、ジョアキムが言った。「ぼくはアルセストに、ジャムパンのはしっこをおくれと、たのんでいました」

「わるあがきはやめときな！」と、アルセストが言った。

　するとジョアキムがアルセストの顔をパチンとたたき、ブイヨンはジョアキムとアルセストのふたりに、罰として二百行の書きとりをやってくるように言った。

お昼ごはんに家に帰ったとき、ぼくはちっともおもしろくなかった。ぼくの色えんぴつの箱はこわれていたし、中のえんぴつも折れていたし、黄色のえんぴつは見つからないままだった。

食堂でママに、学校ですごい罰をもらったことを説明してたらなみだが出てきたけど、そこへパパが帰ってきた。

「やっぱり」と、パパは言った。「わたしの予想はあたったようだね。色えんぴつで、ひと騒動あったんだね！」

「あなたはいつも、大げさね」と、ママが言った。

そのとたん、ものすごく大きな音がした。食堂のドアの前に落ちていた、ぼくの黄色のえんぴつをふんづけて、パパがすべってころんだんだ。

Les campeurs
空き地でキャンプごっこ

「おい、みんな!」と、学校から帰るときにジョアキムがぼくらに言った。「あした、キャンプに行かないか?」

「キャンプって、なに?」と、クロテールがきいたけど、クロテールにはいつも笑わせられるんだ。だってクロテールって、まるっきりなんにも知らないんだもの。

「キャンプかい? キャンプって、すごく楽しいぜ」と、ジョアキムがクロテールに教え

てやった。「このまえの日曜、ぼくは、パパとママと、パパとママの友だちといっしょにキャンプに行ったんだ。遠いいなかのほうへ車で行って、きれいな川原にテントを張って、火をおこして料理をつくったんだ。水あそびをしたり釣りをしたり、テントの中で眠ったりするんだけど、蚊がいっぱいいるんだ。雨が降ってきたら、みんな走ってテントに入るんだよ」

「ぼくんちじゃ」と、メクサンが言った。「遠いいなかのほうへ、ぼくひとりが遊びに行くなんて、ゆるしてもらえないよ。とくに、川があるんじゃね」

「ちがうちがう」と、ジョアキムが言った。「キャンプごっこをするのさ！　空き地にテントを張るんだ！」

「それで、テントはどうする？」と、ウードがきいた。「きみはテントをもっているのかい？」

「もちろんさ」と、ジョアキムが答えた。「それじゃ、みんなさんせいだね？」

そんなわけで木曜日（当時のフランスでは、日曜と木曜が学校の休みの日）、ぼくらはみんな空き地に集まった。このことを読者のみんなに話したかどうかおぼえてないけど、ぼくの家のすぐそばには、ものすごくいい空き地がある。そこには、木箱やダンボールや石ころや空きかんやガラスびんや、のらネコや、おまけに古い自動車が一台ある。タイヤはないけど、それでもすごくかっこいい自動車なんだ。

折りたたんだ毛布をわきにはさんだジョアキムが、さいごにやってきた。

「テントはどこ？」と、ウードがきいた。

「ほら、これさ」と、ぼくらに毛布を見せながらジョアキムが答えた。その毛布は古くて、いっぱい穴があいているうえに、しみだらけだった。

「こんなの、ほんとうのテントじゃないや！」と、リュフュスが言った。

「パパがぼくに、まっさらのテントを貸してくれると思うのかい」と、ジョアキムが言った。「この毛布でキャンプごっこをやるんだ」

それからジョアキムはぼくらに、キャンプには車で行くんだから、みんな自動車にのらないといけない、と言った。

「そんなの、うそだい！」と、ジョフロワが言った。「ぼくのいとこはボーイスカウトだけど、いつも歩いてキャンプに行くよ！」

「歩きたいのなら、きみは歩けばいいさ」と、ジョアキムが言い返した。「ぼくらは車で行くんだから、きみよりずっと早くつくだろうな」

「だれが運転するの？」と、ジョフロワ。

「もちろん、ぼくだ」と、ジョアキムが答えた。

「でもさ、どうしてきみなのさ？」と、ジョフロワ。

「だって、キャンプごっこをやろうと言い出したのも、テントをもってきたのも、ぼくなんだからな」と、ジョアキムが答えた。

ジョフロワはとても不満そうだったけど、ぼくらは早くキャンプに出かけたかったので、まあいいじゃないかと、みんなでジョフロワをなだめた。

それからぼくらは、ひとりのこらず車にのった。屋根の上にテントをつんで、みんなで「ブルンブルン」とかけ声をかけた。運転手のジョアキムはひとりで、「あぶないよ、そこのおじさん！　ぶっとばせ、スピード魔！　人殺し！　どうだい、見たろ、いまスポーツカーを追いこしてやったぞ！」と、どなっていた。ジョアキムは大きくなったら、すごい運転手になるだろうな！

　それから、ジョアキムがぼくらに言った。

「キャンプには、このあたりがよさそうだ。車をとめるよ」

　それでぼくらも「ブルンブルン」をやめて、車から下りた。ジョアキムはにこにこしながら、まわりをぐるりと見まわした。

「とてもいいぞ。さあ、テントを下ろそう。すぐそこに川も流れているぞ」

「どこに川があるの？」と、リュフュスがきいた。

「ほら、あそこさ！」と、ジョアキムが言った。「川が流れていることにするんだよ！」

　ぼくらが自動車の屋根から下ろしたテントを張っているあいだに、ジョアキムがジョフロワとクロテールに、川へ水くみに行ってから火をおこして、昼ごはんを作るふりをするように言った。

テントを張るのはかんたんじゃなかったけど、木箱を両がわにつみかさねて、その上に毛布をおいたんだ。ぼくらのテントは、とてもかっこよかったよ。

「昼ごはんができたぞ!」と、ジョフロワがさけんだ。

それでぼくらは、みんなでごはんを食べるふりをしたけど、アルセストだけは、家からもってきたジャムパンをほんとうに食べていた。

「このチキンは、とてもおいしいね!」と、口をムシャムシャやりながらジョアキムが言った。

「きみのジャムパンを、すこしぼくにもわけてくれないか?」と、メクサンがアルセストにたのんだ。

「きみは、すこしおかしいんじゃないのか?」と、アルセストが答えた。「ぼくがきみにチキンをわけてほしいと言ったことがあるかい?」

でもアルセストはいいやつだから、メクサンにジャムパンを一つわけてやるふりをした。

「よし、それじゃ火を消して」と、ジョアキムが言った。「それから、かんづめの空きかんと紙くずを、ぜんぶ地面に埋めないといけないいな」

「きみは、熱があるんじゃないか」と、リュフュスが言った。「空き地に落ちてる空きかんと紙くずを、ぜんぶ地面に埋めるなんて！　こんどの日曜にも、ぼくらはここに集まらなきゃならなくなるぞ！」

「ばかだな、きみは！」と、ジョアキムが言った。「埋めるふりをするだけだよ！　さあ、こんどはみんなでテントに入って眠ろう」

テントの中は、まったくゆかいだった。ぼくらはぎゅうぎゅうづめになって、暑かったけど、とてもおもしろかった。もちろん、ほんとうに眠ったりはしなかった。だれも眠くなかったし、だいいち場所がなかったんだ。

　しばらくそうしてテントの中にいたら、アルセストが言った。

「これからなにをするのさ？」

「べつに、なにも」と、ジョアキムが言った。「眠りたいやつは眠ればいいし、泳ぎたければ川に行けばいいよ。キャンプでは、それぞれやりたいことをやるんだ。それがキャンプのいいところさ」

「羽根をもってくればよかったな」と、ウードが言った。「羽根があれば、テントの中でネイティブ・アメリカンごっこができたのに」

「ネイティブ・アメリカンごっこだって？」と、ジョアキムが言った。「ネイティブ・アメリカンのキャンプなんて、そんなもの、きみはどこで見たんだい？　ばかだなあ！」

「ぼくがばかだって」と、ウードがきき返した。

「ウードの言うとおりだ」と、リュフュスが言った。「もうテントなんて、うんざりだ」

「そっちこそ、ほんもののばかだぜ」と、ジョアキムが言い返した。でも、これはジョアキムの失敗だった。だって、ウードはとてもけんかが強いんだから、ウードを相手にふざけちゃいけないんだ。

ウードは、ガンと一発ジョアキムの鼻の頭にパンチをくらわせた。するとジョアキムも頭にきて、ウードとけんかをはじめた。テントの中はとてもせまかったので、みんながとばっちりでなぐられ、それから木箱がくずれて、ぼくらは毛布の下からはい出るのに苦労したんだけど、みんなでゴソゴソやるのはとてもおもしろかったよ。

でも、ジョアキムだけはおもしろくなかったんだ。ジョアキムは毛布をふみつけながら、さけんでいた。

「ぼくの言うことがきけないなら、みんなぼくのテントから出て行け！　ぼくはひとりでキャンプをやるぞ！」

「本気でおこってるのかい、それとも、おこったふりをしているのかい？」と、リュフュスがきいた。

そこでぼくらがゲラゲラ笑うと、リュフュスも大笑いをしながら、言った。

「ぼく、なにかおもしろいことを言ったのかな？　ねえ、みんな、どうなんだい？　ぼくは、なにかおもしろいことを言ったのかい？」

そのうちにアルセストが、もうおそくなったから晩ごはんに帰らないといけない、と言った。

「そうだな」と、ジョアキムが言った。「それに、雨が降ってきたぞ！　さあ、早く、いそいで！　荷物をかたづけて車にのろう！」

キャンプはとてもおもしろかった。ぼくらはみんなつかれていたけど、満足して家に帰った。

ぼくらは、帰るのがおそくなったのでパパやママにしかられた。

でも、それはおかしいんだ。だって帰り道で、ぼくらの車がものすごい渋滞にまきこまれたのは、ぼくらのせいじゃないんだからね。

On a parlé dans la radio

ラジオに出たぞ

けさ、教室で、先生がぼくらに話した。

「みなさん、とてもよいお知らせがあります。ラジオ局のレポーターのかたが、小学生を対象にしたアンケートの番組でやってきて、みなさんにインタビューをしますよ」

ぼくらは、なにも言わなかった。だって、なんのことかわからなかったんだもの。でも、アニャンはべつだった。アニャンはクラスで一番で、先生のお気に入りだから、知ってて当然なんだ。

　そこで先生が、ぼくらに説明してくれた。ラジオ局のおじさんたちがやってきて、ぼくらに質問すること、おじさんたちはこの町のぜんぶの学校でそうしていること、そしてきょうはぼくらの学校の番だということを先生は話し、
「ですからよい子にして、はきはきお話をするように。みなさんなら、だいじょうぶですね」と言った。
　ラジオに出演するとわかってぼくらは大さわぎになったけど、先生は定規で教卓を何度もバンバンたたいてから、文法の授業のつづきをはじめた。

すると教室のドアがあいて、校長先生が男の人をふたりつれて入ってきたけど、そのうちのひとりはカバンを手にもっていた。

「起立！」と、先生が言った。

「着席！」と、校長先生が言った。

「みなさん、ひじょうに光栄なことに、ラジオ局のかたが本校に見えました。電波のおどろくべき力とマルコーニ（無線通信を完成させたイタリアの発明家）の天才のおかげで、みなさんの声がたくさんの家庭にとどくのです。これがどんなに名誉なことか、みなさんにもわかるでしょう。ですからみなさんも、責任をもって行動してください。あらかじめ注意しておきますが、ふまじめなふるまいをした者には罰をあたえます！

さて、こちらのかたが、みなさんにどうしてもらいたいか、これから説明をします」

するとひとりのおじさんがぼくらに、これから、きみたちがやりたいことや読んでいる本や学校でならっていることについて、いくつか質問をします、と言った。それからおじさんは、片手に器械をもって、

「これがマイクです。きみたちはマイクに向かって話してください。こわがらずに、はっきりと。そうすれば今夜八時きっかりに、自分の声をラジオで聞くことができるよ。きみたちのお話は、ぜんぶ録音されるからね」と言った。

それからおじさんは、教卓の上でカバンをあけていたもうひとりのおじさんをふり返った。カバンの中には器械がつまっていて、おじさんは耳にヘッドホンをつけていた。まるで、ぼくが見た映画の中のパイロットみたいだった。映画では飛行機の無線がこわれるんだ、そして飛行機は霧につつまれて行く先の町を見うしなってしまって、海に墜落するんだけど、あれはほんとにおもしろい映画だったな。

マイクをもったおじさんが、ヘッドホンをつけたおじさんに言った。

「用意はいいかい、ピエロ?」

「いいとも」と、ピエロさんが言った。「マイクのテストをたのむよ」

「いち、に、さん、し、ご、どうだい？」と、マイクをもったおじさんがきいた。

「よし、スタートだ。いいぞ、キキ」と、ピエロさんが答えた。

「わかった」と、キキさんが言った。「それじゃ、最初に話したいのは、だれだい？」

「ぼく！」「ぼく！」「ぼく！」と、ぼくらはひとりのこらずさけんだ。

キキさんは笑いながら、言った。

「話したい人がたくさんいるね。それじゃ先生におねがいして、だれかひとり指名していただきましょう」

すると先生は、わかりきっていたけど、アニャンに質問してください、アニャンはクラスでいちばんできる生徒ですから、と言った。先生のお気に入りはいつだってこうなんだから、まったくほんとに、いやになっちゃうよ！

アニャンがキキさんの前に出ると、キキさんは、アニャンの顔の前にマイクをさし出した。すると、アニャンの顔はすっかり青ざめてしまった。

「それじゃ、まずきみの名まえを教えてください。きみの名まえは？」と、キキさんがきいた。

アニャンは口をあけたけど、なにも言わなかった。そこでキキさんが言った。

「きみの名まえはアニャンだね？」

アニャンは、こっくりうなずいた。

「きみは、クラスで一番できるんだってね」と、キキさんが言った。「きみに聞きたいんだけど、勉強以外にはどんなことをして遊んでいるの？　きみの大すきな遊びは？　……さあ、答えて！　ほうら、こわがらないで！」

するとアニャンは泣き出し、気分がわるくなってしまったので、先生はアニャンをつれて、いそいで教室から出て行かなければならなかった。
キキさんは顔の汗をふき、ピエロさんのほうを見てから、ぼくらにきいた。

「きみたちのなかで、マイクの前で話のできる人はいますか？」

「ぼく！」「ぼく！」「ぼく！」と、ぼくたち全員がさけんだ。

「よろしい」と、キキさんが言った。「そこのおでぶくん、ここへきて。そうそう……じゃあ、はじめよう……きみの名まえは？」

「アルセスト」と、アルセストが答えた。

「アルシェシュトだって？」と、キキさんはびっくりしてきき返した。

「口の中になにか入れたまましゃべるのは、やめなさい！」と、校長先生が言った。

「でも、ちょうどクロワッサンを食べているときに、呼ばれたんです」と、アルセストが言った。

「クロワ……するときみは、いま、授業ちゅうにパンを食べていたのかね？」と、校長先生が大声で言った。「よろしい、けっこうだ！罰として立っていなさい。この問題は、またあとで話し合うとしよう。きみ、のこりのクロワッサンは机の上において行きなさい！」

するとアルセストは大きなためいきをつき、先生の机の上にクロワ

ツサンをおくと、教室のすみに立ちに行った。ところが、キキさんが洋服のそででマイクをぬぐっているあいだに、アルセストはズボンのポケットからブリオッシュを出して食べはじめた。

「申しわけありませんな」と、校長先生が言った。「この子たちはまだ小さいので、あまりしつけもできていないのですよ」

「こういうことには、なれていますから」と、キキさんは笑いながら言った。「この前なんか、ストライキちゅうの港湾労働者にインタビューしたんですからね。そうだったな、ピエロ？」

「あれはすごかったですよ」と、ピエロさんが言った。

それからキキさんは、ウードを呼んだ。

「さてと、きみの名まえは？」と、キキさんがきいた。

「ウード！」と、ウードがどなった。ピエロさんは、耳につけていたヘッドホンをあわててはずした。

「大きな声でどならないで」と、キキさんが言った。「どんな遠いところでも大声を出さなくたって聞こえるように、ラジオってものができたんだからね。さて、やりなおそうか……。はい、きみの名まえは？」

「だから、ウードだよ、さっきもう言ったじゃないか」と、ウードが言った。

「あのね」と、キキさんが言った。「いいかい、もうさっき言ったなんて、わたしに言っちゃだめなんだよ。わたしがきみの名まえをきく、きみは自分の名まえを言う、それだけでいいんだ。ピエロ、用意はいいかい？……それじゃ、もう一度……きみの名まえは？」

「ウード」と、ウードが言った。

「もうわかったよ」と、ジョフロワが言った。

「ジョフロワ、外へ出なさい！」と、校長先生が言った。

「しずかに！」と、キキさんがさけんだ。

「おい！　いきなり大声を出さないでくれ！」と、ヘッドホンをはずしたピエロさんが言った。

キキさんは両目に手をあて、しばらく待ってから、その手をもどし、ウードに、遊ぶときはなにをするのがすきかときいた。

「なんたってサッカーさ」と、ウードが答えた。「ぼくにかなうやつはいないんだ」

「うそだ」と、ぼくが言った。「きのう、きみがゴールキーパーだったけど、ぼくらはゴールを決めたぞ！」

「そうだ、そうだ！」と、クロテール。

「あのときはリュフュスが、オフサイドのホイッスルを吹いていたんだ！」と、ウードが言った。

「ホイッスルはなったけど」と、メクサンが言った。「リュフュスはきみのチームの選手だったんだぞ。ぼくがいつも言ってるように、いくらホイッスルをもっているからって、選手とレフェリーの両方をひとりでやるなんて、おかしいんだよ」

「おまえ、鼻の頭に一発くらいたいのか？」と、ウードがメクサンにくってかかったので、校長先生はウードに、木曜日は罰として学校にきなさいと言った。

そのときキキさんが、録音終了と言ったので、ピエロさんはカバンをとじて、ふたりと

も教室から出て行った。

その夜の八時、ぼくの家にはパパとママのほかに、おとなりのブレデュールさん夫妻とクルトプラクさん夫妻、ぼくのパパとおなじ会社ではたらいているバルリエさん、それにパパの弟のウジェーヌおじさんも集まって、ラジオのまわりで、ぼくがラジオに出るのを待っていたんだ。メメには知らせるのがおそすぎて、くることができなかったけど、メメも家で、お友だちとラジオをきいているんだ。

ぼくのパパは鼻たかだかで、ぼくの髪をなでながら、「まだかな、まだかな!」と言っていた。

みんなとても盛り上がっていた!

でも、ぼくにはなにがなんだかわからないけど、八時にきこえてきたのは音楽だけだった。ラジオ局で、いったいなにがあったんだろう。

ぼくは、キキさんとピエロさんのことを考えると、とてもつらかった。

キキさんもピエロさんも、ものすごくがっかりしたにちがいないからね!

Marie-Edwige
マリ・エドウィッジ

ママが、クラスメートたちを、おやつにうちへ呼んでもいいと言ったので、ぼくはマリ・エドウィッジもいっしょに招待した。マリ・エドウィッジは、ぼくの家のとなりに住んでいるクルトプラクさんちの女の子で、髪がうすいブロンドで、目は青いんだ。

クラスメートたちがやってきた。アルセストは、おやつになにが出るかたしかめに、すぐ食堂をのぞきに行ったけど、もどってくると、

「まだほかに、だれかくるのかい？」ときいた。「いすをかぞえたら一つ多いし、それに、ケーキもひとりぶん多かったよ」

そこでぼくはマリ・エドウィッジを呼んだことを言って、ぼくのとなりの家に住んでいるクルトプラクさんちの女の子だと、みんなに説明した。

「なんだ女の子か！」と、ジョフロワが言った。

「そうだよ。でも、それがどうした」と、ぼくはジョフロワに言い返した。

「ぼくらは女の子なんかと遊ばない」と、クロテールが言った。「その子がきたって口もきかないし、いっしょに遊んでもやらない。遊んでやるもんか、ほんとに、まったく、じょうだんじゃないよ……」

「ぼくの家には、ぼくが呼びたいやつを呼ぶんだ」と、ぼくは言ってやった。「それが気に入らないって言うんなら、ぶんなぐってやる」

でもぼくには、そんなひまはなかった。ドアの呼びりんがなって、マリ・エドウィッジが入ってきたからだ。

マリ・エドウィッジは、客間のカーテンの布とおなじ布でできた服を着ていたけど、服の色はこいグリーンで、ふちに小さな穴がいっぱいあいている白いえりがついていた。マリ・エドウィッジはとてもかわいか

った。だけど、まずいことに、マリ・エドウィッジは人形をもってきたんだ。

「さあ、ニコラ」と、ママがぼくに言った。「あなたのガールフレンドに、お友だちを紹介なさいな」

「これがウード」と、ぼくが言った。「それからリュフュス、クロテール、ジョフロワ、それにアルセストだよ」

「あたしのお人形の名まえは、シャンタルよ」と、マリ・エドウィッジが言った。「この子のドレスは絹なの」

それきりみんなだまってしまった。すると、ママがぼくらに、おやつの用意ができているからテーブルにつきなさい、と言った。

マリ・エドウィッジは、ぼくとアルセストのあいだ

にすわった。ママはぼくらに、チョコレートと、切りわけたケーキを出してくれた。とてもおいしかったけど、だれも物音一つたてないんだ。まるで、視学官がきている教室にいるみたいだった。

それからマリ・エドウィッジがアルセストのほうを向いて、言った。

「あんたって、食べるのが早いわね！　あんたみたいに早く食べる人は、見たことがないわ！　すごいじゃない！」

それからマリ・エドウィッジは、まぶたを何度もパチパチさせた。

アルセストは、まぶたをパチパチさせるどころじゃなかった。じっとマリ・エドウィッジの顔を見つめ、まだ口の中にあったケーキの大きなかたまりをごくんとのみこみ、顔をまっかにして、へらへら笑ったんだ。

「ふんだ！」と、ジョフロワが言った。「ぼくだって、アルセストとおなじくらい早く食べられるよ。やろうと思えば、アルセストよりも早くだって食べられるさ！」

「じょうだんだろ」と、アルセスト。

「まあ！」と、マリ・エドウィッジが言った。「アルセストより早い人がいるなんて、信じられないわ」

するとアルセストはまた、へらへらと笑った。

「じゃあ見てな！」と言って、ジョフロワがものすごいスピードでケーキを食べはじめた。アルセストはもう自分のケーキを食べおわっていたから競争にくわわれなかったけど、ほかのみんなも早食い競争をはじめた。

「ぼくが勝った！」と、ウードが、そこらじゅうにケーキのくずをまきちらしながらさけんだ。

「ずるいぞ」と、リュフュスが言った。「きみの皿には、もう小さなケーキしかのこっていなかったじゃないか」

「うそつけ！」と、ウードがやり返した。「ぼくのケーキは大きいままだった！」

「笑わせないでくれ」と、クロテールが言った。「ケーキがいちばん大きかったのは、ぼくだ。だから、勝ったのもぼくなんだ！」

ぼくはもう一度、いんちきクロテールをぶんなぐってやりたくなったけど、そのときママが入ってきた。テーブルを見たママの両目が、まんまるになった。

「あらまあ！」と、ママはおどろいてきいた。「もうケーキを食べちゃったの！」

「あたしは、まだ」と、すこしずつ食べながら、マリ・エドウィッジが答えた。マリ・エドウィッジは、食べるのに時間がかかるんだ。小さく切ったケーキを、自分の口に入れる前に人形にやるんだもの。もちろん、人形はケーキなんか食べないけど。

「それじゃ」と、ママが言った。「おやつがおわったら、お庭に行って遊びなさいな。とてもいいお天気よ」

そしてママは、部屋から出て行った。

「サッカーボールある？」と、クロテールがぼくにきいた。

「それがいいや」と、リュフュスが言った。「ケーキの早食い競争なら負けるけど、サッカーなら話はべつだ。このぼくがボールをもてば、ドリブルじゃだれにも負けないからね！」

「笑わせるなよ」と、ジョフロワが言った。

そのときマリ・エドウィッジが、

「ニコラは、トンボ返りがすごくじょうずなのよね」と言った。

「トンボ返りだって？」と、ウードが言った。「トンボ返りなら、ぼくが一番だ。もう何年も前から、ぼくはトンボ返りをやってるんだ」

「ずうずうしいぞ」と、ぼくは言った。「トンボ返りじゃ、このぼくがチャンピオンだってことを、きみだって知ってるくせに！」

「決着をつけようぜ！」と、ウード。

そこでぼくらと、やっとケーキを食べおえたマリ・エドウィッジは、そろって庭に出た。庭に出ると、ぼくとウードはすぐにトンボ返りをはじめた。それからジョフロワも、ぼくはじょうずじゃないんだと言いながら、トンボ返りをやった。リュフュスはそれほどうまくないし、クロテールはポケットのビー玉を草の中に落としたので、すぐにトンボ返りをやめなければならなかった。

マリ・エドウィッジは拍手をしていたけど、アルセストは、おやつのあとで食べるため

に家からもってきていたブリオッシュを片手で食べながら、もう片方の手でマリ・エドウィッジの人形のシャンタルをつかんでいた。ぼくはびっくりした。だって、アルセストは、ブリオッシュをちぎって人形にやっていたんだよ。いつもなら、ぼくらにだって、ぜったい食べるものをくれないのに。

ビー玉を見つけたクロテールが、言った。

「みんな、こんなのできるかい?」

そう言ってクロテールは、さか立ちで歩きはじめた。

「まあ!」と、マリ・エドウィッジが言った。「なんてすごいんでしょ!」

さか立ちをして手で歩くのは、トンボ返りよりむずかしい。ぼくもやってみたけど、すぐにころんでしまった。ウードはこれがうまくて、クロテールよりも長いあいださか立ちをしていた。でもそれは、またポケットからビー玉が落ちて、クロテールがビー玉さがしをはじめたおかげかもしれない、と、ぼくは思うんだけどね。

「さか立ちして歩いたって、なんの役にも立たないさ」と、リュフュスが言った。「でも木登りなら、役に立つぜ」

そしてリュフュスは木にのぼりはじめたけど、ぼくのうちの木は、そうかんたんにのぼれないんだ。だってほとんど枝がなくて、枝があるのは、ずっと上の、葉っぱのしげっているところだけなんだ。

リュフュスが両手と両足で木にしがみついたまま、ぜんぜんのぼれないでいるので、ぼくらは、それを見て大笑いをした。

「そこをどきな、ぼくがお手本を見せてやるから」と、ジョフロワが言った。

だけど、リュフュスは、木からはなれようとしなかった。それで、ジョフロワとクロテールがふたり同時に木登りにかかると、リュフュスがさけんだ。

「ほら！　見てよ！　のぼれるよ！」

パパがいなくて、ぼくらは運がよかった。だってパパは、庭の木でぼくらが遊ぶのが、あんまりすきじゃないんだ。ウードとぼくは、もう木につかまる場所がなかったのでトンボ返りをしていたし、マリ・エドウィッジは、どちらがたくさんトンボ返りができるかをかぞえていた。

するとクルトプラクおばさんが、となりの庭から大きな声で呼んだ。

「マリ・エドウィッジ！　お帰り！　ピアノのレッスンの時間ですよ！」

それでマリ・エドウィッジはアルセストの腕から人形をとると、手をふって、さよならを言いながら帰って行った。

リュフュスとクロテールとジョフロワは木から下り、ウードはトンボ返りをやめ、アルセストが、

「おそくなったから、もう帰るよ」と言った。

そして、みんな帰って行った。

ものすごく楽しい一日だったけど、ぼくはマリ・エドウィッジも楽しかったかどうか心配だった。

ほんとの話、ぼくらはみんな、マリ・エドウィッジにあまりやさしくしなかったんだ。だれもマリ・エドウィッジと話さなかったし、まるでマリ・エドウィッジがここにいないみたいに、ぼくらだけで遊んじゃったからね。

Philatélies
切手集めを はじめたけれど

REPUBLIQUE
FRANCAISE
E
R
3d

リュフュスがけさ、とてもにこにこしながら学校へやってきた。リュフュスはぼくらに、まあたらしいノートを見せてくれたけど、それには最初のページの左上に切手が一枚はってあるだけで、ほかのページにはなにもなかった。

「ぼくは、切手のコレクションをはじめたんだ」と、リュフュスがぼくらに言った。

リュフュスによると、切手のコレクションのことを教えてくれたのはリュフュスのパパで、それは切手収集とよばれていて、切手を見ていると歴史や地理の勉強になるので、とてもためになることなんだそうだ。

それにリュフュスのパパは、切手のコレクションはものすごいねうちが出ることもあり、イギリスには、うんと高い金額のコレクションをもっていた王さまがいたことも説明してくれたんだって。

「きみたちも切手のコレクションをするといいんだけどな」と、リュフュスが言った。「そうすれば、ぼくらで切手の交換ができるしね。パパが言っていたけど、りっぱなコレクションにするには、切手を交換しなきゃならないんだって。でも、やぶけた切手はだめだよ、それに、ふちのぎざぎざがちゃんとしていない切手もだめなんだ」

昼ごはんに家に帰ったとき、ぼくはすぐ、切手をちょうだいとママにたのんだ。

「切手がほしいなんて、いったいどういうことなの？」と、ママがきいた。「手を洗ってきなさい。へんなことを思いついて、ママをこまらせないでね」

「どうして切手がほしいんだい、ニコラ？」と、パパがぼくにきいた。「手紙でも書くのかい？」

「ちがうよ」と、ぼくは言った。「リュフュスのように切手集めをするんだ」

「そりゃすごいじゃないか！」と、パパが言った。「切手収集は、とてもおもしろいことなんだ！　切手のコレクションをすると、とても勉強になるしね。とくに歴史と地理にいいんだ。おまけに、うんとりっぱなコレクションなら、高いねだんがつくかもしれない。

切手のコレクションで、ものすごい財産をつくったイギリスの王さまがいたんだよ！」

「そうだよ」と、ぼくは言った。「それからぼくは、友だちと切手の交換をするんだよ。そうすれば、ぎざぎざのちゃんとした切手ですごいコレクションができるんだ」

「そうだね……」と、パパが言った。「いずれにしても、ポケットにいっぱいつまっていたり、家じゅうにちらかっている、あのなんの役にも立たないがらくたなんかより、切手を集めているおまえを見るほうが、パパはよっぽどうれしいよ。でもいまは、ママの言うとおり手を洗って、テーブルにつきなさい。昼ごはんがおわったら、すこし切手をあげるから」

そして昼ごはんのあと、パパは書斎から封筒を三つ見つけてきて、切手のはってあるすみっこを切りとってくれた。

「さて、これがおまえのすばらしいコレクションのはじまりだな！」と、パパは笑いながら言った。

ぼくは、パパにキスをした。ぼくのパパは、世界でいちばんすてきなパパなんだ。

その日の午後、ぼくが学校にもどると、コレクションをはじめた仲間が大ぜいいた。クロテールが一枚、ジョフロワが一枚、そしてアルセストが一枚だ。でもどれも、やぶけていたり、しわくちゃだったり、バターでべとべとだったりして、ぎざぎざがちゃんとしたのは一枚もなかった。ぼくは切手が三枚あるから、もう、みんなのなかで最高のコレクションだった。

ウードは、切手をもっていなかった。ウードはぼくらに、きみらはみんなまぬけだ、切手なんか集めたって、なんの役にも立たないし、ぼくはサッカーのほうがだんぜんすきなんだ、と言った。

「まぬけは、きみのほうだ」と、リュフュスが言い返した。「もしイギリスの王さまが切手のコレクションのかわりにサッカーをしていたら、お金持ちになれなかっただろうし、たぶん王さまにもなれなかっただろうな」

ほんとにリュフュスの言うとおりだったけど、教室に入る合図のカネがなったので、ぼくらは切手集めをつづけることができなかった。

つぎの休み時間に、ぼくらは切手の交換をはじめた。

「ぼくの切手をほしい人は？」と、アルセストがきいた。

「きみは、ぼくのもってない切手をもってるね」と、リュフュスがクロテールに言った。

「きみと交換しよう」

「いいよ」と、クロテールが言った。「ぼくのを、きみの切手二枚と交換してあげる」「どうしてきみの切手が一枚なのに、ぼくの切手は二枚なんだい？」と、リュフュスがきいた。

「一枚の切手は、一枚と交換だよ」

「ぼくなら切手一枚で交換するよ」と、アルセストが言った。

そのときブイヨンが、ぼくらのほうにやってきた。ブイヨンはぼくらの生徒指導の先生で、ぼくらがみんなで集まっていると、いやな顔をするんだ。でも、ぼくらはみんななかよし友だちで、いつもいっしょにいるから、ブイヨンはいつもぼくらを警戒してる。

「わたしの目をよく見なさい」と、ブイヨンが言った。「きみたちはまた、いったいなにをたくらんでいるのかな？」

「なんにもたくらんでません」と、クロテールが言った。「切手集めをしてるんです。だから切手を交換してます。一枚の切手を切手二枚ととりかえると、すごいコレクションができるから」

「切手集めだって？」と、ブイヨンが言った。「それはいいね！　とてもいいじゃないか！　とても勉強になる、とくに歴史と地理に関しては！　それに、いいコレクションは、高いねうちが出るかもしれないし……どこの国だったか王さまがいて、ええと、名まえは思い出せないが、コレクションでひと財産作ったんだ！　そうかい、それじゃ、交換をつづけなさい。ただし、いい子にするんだよ」

　ブイヨンが行ってしまうと、クロテールは、切手を手のひらにのっけてリュフュスにさし出して、言った。

「さあ、交換しようよ」

「いやだ」と、リュフュス。

「ぼくなら、いいぜ」と、アルセストが言った。

するとウードがクロテールのそばに行って、ひょい！とクロテールの切手をとったんだ。

「ぼくもコレクションをはじめるぞ！」と、ウードは笑いながらさけび、走り出した。クロテールは、笑うどころか、どろぼうめ、ぼくの切手を返せ、とさけびながらウードを追いかけた。するとウードは走りながら、切手につばをつけて、ペタンと自分のおでこにはりつけたんだ。

「ほら見ろよ、みんな！」と、ウードが大声で言った。「ぼくは手紙だ！　ぼくは航空便の手紙だぞ！」

そしてウードは両手をひろげ、「ブーンブーン」と言いながら走りつづけたけど、クロテールがうまく足をかけたのでウードはころび、それからふたりはすごいけんかになって、ブイヨンがかけつけてきたんだ。

「やれやれ！　うっかりきみらを信用したのがまちがいだった」と、ブイヨンが言った。

「おとなしく遊ぶなんて、きみたちにはむりだな！　さあ、ふたりとも、罰として立ってなさい……。そのまえに、ウード、きみがおでこにはりつけた、そのへんてこな切手をはがしてもらえるとうれしいんだがね！」

「そうだよ」と、リュフュスが言った。「でも、ぎざぎざをいためないようにウードに言ってください。それはぼくがどうしてもほしい切手なんだから」

そしてブイヨンは、クロテールとウードを校庭のすみへ行かせた。

切手を集めているのは、もう、ジョフロワとアルセストとぼくしかいなかった。

「ねえ、きみたち！」と、アルセストがきいた。「ぼくの切手がほしくないのかい？」

「きみの切手三枚と、ぼくの切手一枚と交換しよう」と、ジョフロワがぼくに言った。

「きみは、すこしおかしいんじゃないか？」と、ぼくはジョフロワに言った。「ぼくの三枚の切手がほしければ、切手を三枚よこすんだ。わかったかい！　きみの切手一枚と交換するなら、ぼくのも一枚だ」

「ぼくは、どうしても切手を交換したいんだけどな」と、アルセスト。

「三枚でも一枚とおなじだよ」と、ジョフロワがぼくに言った。「だって、きみのは三枚とも、おなじ切手なんだから！」

「それじゃあ、きみたちは、ぼくの切手はほしくないんだな？」と、アルセストがきいた。

「いいよ、ぼくの切手三枚きみにあげてもいいよ」と、ぼくがジョフロワに言った。「もしなにか、ほかのいいものと交換してくれるなら」

「いいとも！」と、ジョフロワ。

「なんだい、ぼくの切手はだれもほしくないんだな、ようし、それならこうしてやる！」

と、アルセストはさけんで、もっていた切手をやぶってしまった。

すっかりごきげんになって家に帰ってきたぼくに、パパがきいた。

「よう、新米の切手収集家、うまく行ってるかい、きみのコレクションは？」

「バッチリだよ」と、ぼくは言った。そしてぼくはパパに、ジョフロワがくれたビー玉を二つ見せたんだ。

Maixent, le magicien

手品師（マジシャン）・メクサン

クラスメートがメクサンの家におやつに呼ばれたので、ぼくらはみんなびっくりした。だってメクサンは、いままでだれも家に招待したことがなかったからね。メクサンのママは、お客を招待するのがきらいらしいんだ。

でもメクサンの話だと、船乗りをしているメクサンのおじさんが——これはうそっぱちで、ぜったいに船乗りじゃないと、ぼくは思うんだけど——メクサンに手品の箱をプレゼントしてくれたので、だれも見る人がいないのに手品をするのもつまらないから、メクサ

ンのママもぼくらを招待してもいいと言ったらしいよ。

ぼくが行くと、もう友だちはみんな集まっていて、メクサンのママがぼくらに、おやつを出してくれた。ミルクティーとジャムパンだったけど、あまりおいしくなかった。

ぼくらはみんな、アルセストを見ていた。アルセストは、家からもってきた小さなチョコレートパンを二つ、食べていたんだ。でも、アルセストにチョコレートパンをちょうだいと言っても、むだなんだ。アルセストは、なんでも貸してくれるとても

※ぼくはタネを知ってるんだ　おしえてあげるよ

いいやつだけど、それは食べられないものにかぎるんだ。

おやつのあとで、メクサンはぼくらを、いすがきれいにならべてある客間に案内した。ちょうど、クロテールの家でクロテールのパパが人形劇を見せてくれたときみたいな、いすのならべ方だった。

メクサンは、手品の箱がおいてあるテーブルの、向こうがわに立った。メクサンが箱をあけると、中にはいろいろなものがいっぱい入っていて、メクサンはその中から棒を一本と大きなサイコロを一つとり出した。

「このサイコロをごらんください」と、メクサンが言った。「ちょっと大きいけれど、まったくふつうのサイコロで……」

「うそだ」と、ジョフロワが言った。「そいつは中がからっぽになってて、もう一つべつのサイコロが入ってるんだ」

メクサンは、ぽかんと口をあけたままジョフロワを見つめた。

「どうして知ってるの?」と、メクサン。

「ぼくのうちにも、おなじ手品の箱があるからさ」と、ジョフロワが答えた。

「書きとりでぼくが十二番になったとき、パパが買ってくれたんだ」

「それじゃ、タネがあるんだね？」と、リュフュスがきいた。

「いいえ、みなさん」と、メクサンがさけんだ。「タネもしかけもございません！　ジョフロワこそ、ひどいうそつきです！」

「ぜったい、そのサイコロは中がからっぽだ」と、ジョフロワがやり返した。「もう一度、ぼくをうそつきだと言ったら、平手打ちをくらわすぞ！」

でも、メクサンとジョフロワはけんかをしなかった。メクサンのママが客間に入ってきたからだ。メクサンのママはぼくらをじろっと見まわし、しばらくそのまま立っていたけど、大きなためいきを一つつくと、暖炉の上においてあった花びんをかかえて出て行った。

ぼくは、中みがからっぽのサイコロに興味があったので、よく見てやろうとテーブルに近づいた。

「だめ！」と、メクサンが大きな声で言った。「だめだよ！　ニコラ、席にもどるんだ！

きみには、近くで見る権利はない！」

「でもどうしてさ？」と、ぼくはきいた。

「きまってるじゃないか、タネがあるからだ」と、リュフュス。

「そのとおり」と、ジョフロワが言った。「サイコロはからっぽなんだ。だから、きみがそのサイコロを机の上におくと、中にあるべつのサイコロが……」

「その先を言ってみろ」と、メクサンがどなった。「きみには家に帰ってもらうぞ！」

そのときまたメクサンのママが客間に入ってきて、こんどは、ピアノの上の小さな置きものをもって、出て行った。

するとメクサンは、サイコロはやめて、小さな片手なべのようなものをとり出した。

「このなべは、からでございます」と、片手なべをぼくらに見せながら、メクサンが言った。そしてメクサンはジョフロワを見たけど、ジョフロワは、なにもわかっていないクロテールに、中みがからっぽのサイコロのしかけをいっしょうけんめい説明しているところだった。

すると、

「それ、知ってるよ」と、ジョアキムが言った。「からっぽのなべから、まっ白なハトを出すんだろ。」

「うまく行ったとしたら」と、リュフュスが言った。「それはタネがあるからなんだな」

「ハトだって？」と、メクサンが言った。「とんでもない！　ぼくが、どこからハトを出すっていうんだ？　このまぬけやろう」

「ぼくがテレビで見た手品師は、いろんなところからハトをたくさん出してたぞ。まぬけはきみのほうだ！」と、ジョアキムがやり返した。

「だいいち」と、メクサンが言った。「ぼくは片手なべからハトを出したくても、出せないんだ。ママが、家で動物を飼うのをいやがるんだよ。まえに一度、ハツカネズミをもって帰って大さわぎになったんだから。これで、どっちがまぬけか、わかったろう？」

「ざんねんだな」と、アルセストが言った。「ハトは最高なんだけどなあ！　大きくはないけど、グリンピースをそえると、うまいぞ！　チキンみたいなんだから」

「まぬけはきみだ」と、ジョアキムがメクサンに言った。「まぬけそのものだぜ」

　そのときまた、メクサンのママが入ってきた。メクサンのママはドアのうしろで立ちぎきしてたんじゃないかと、ぼくは思うな。メクサンのママはぼくらに、おとなしくするように、そして部屋のすみの電気スタンドに気をつけるように、と言った。

　部屋から出て行くとき、メクサンのママはとても心配そうなようすだった。

「片手なべも、サイコロみたいに中がからっぽなの？」と、クロテールがきいた。

「ぜんぶじゃなくて、底のところだけね」と、ジ

※底が二重になってるんだよ

ヨフロワが答えた。

「それがタネなんだな」と、リュフュスが言った。

とうとうメクサンが、おこり出した。メクサンはぼくらに、きみらは友だちじゃないと言って、手品の箱のふたをしめ、もう手品は見せてやらないぞ、と言った。そして、ぶつくさもんくを言いはじめたので、もうだれも、なにも言わなかった。

すると、メクサンのママがかけこんできて、

「いったいどうしたの？」とさけんだ。「話し声がきこえなくなったわ」

「みんながぼくに、手品をさせてくれないんだ！」と、メクサンが言った。

「いいこと、みなさん」と、メクサンのママが言った。「おばさんは、みんなに楽しんでもらいたいのよ。でも、いい子にしなくてはね。さもないと帰ってもらいますよ。これからおばさんは、買いものに出かけないといけないの。うんとききわけをよくしてくれるわね。それから、タンスの上の置き時計にはくれぐれも気をつけてちょうだい」

そしてメクサンのママは、もう一度ぼくらを見まわし、やれやれというふうに頭をふり、

天井を見上げながら部屋から出て行った。

「さて」と、メクサンが言った。「この白い玉が見えますね？　それでは、この白い玉を消してごらんに入れましょう」

「あれもタネがあるの？」と、リュフュスがきいた。

「もちろん」と、ジョフロワが答えた。「メクサンは白い玉をかくして、ポケットに入れるのさ」

「ちがいます、みなさん！」と、メクサンが大きな声で言った。「ちがいますよ、みなさん！　ぼくは、この白い玉を消してごらんに入れます。かんぺきに！」

「うそだ」と、ジョフロワが言った。「きみは白い玉を消したりしないよ、ただポケットに入れるだけなんだ！」

「どっちなんだ、メクサンは白い玉を消すのか、消さないのか？」と、ウードがきいた。

「やろうと思えば、ぼくはかんぺきに白い玉を消すことができるけど」と、メクサンが言った。「だけど、ぼくはやらない。きみたちはもう友だちじゃないから、これでおしまいにするんだ！　ママの言ったとおり、きみたちはただのごろつきだよ！」

「やれやれ！　ぼくの言ったとおりだろ」と、ジョフロワがさけんだ。「白い玉を消すには、ほんものの手品師にならなくちゃね。ヘボにはできないよ！」

すると、メクサンがおこった。メクサンはジョフロワにかけよって、顔をパチンとたたいた。ジョフロワは頭にきて、手品の箱を床の上にほうり投げ、メクサンとけんかをはじめた。

ぼくらがおもしろがって見ていると、メクサンのママが客間に入ってきた。メクサンのママは、とてもこわい顔をして、

「みんな帰ってちょうだい！　いますぐ！」と、ぼくらに言った。

それでぼくらは家に帰った。

楽しい午後だったんだけど、ぼくはとてもがっかりしてた。だってぼくは、メクサンが手品をやるところを、ほんとうに見たかったんだもの。

「つまんないの！」と、クロテールが言った。「ぼくはリュフュスの言うとおりだと思う

な。メクサンは、テレビに出るようなほんものの手品師じゃないよ。メクサンのは、いんちきだらけだ」

そしてあくる日学校で、メクサンはぼくらのことをまだおこっていた。なぜかと言うと、ひっくり返された手品の箱の中みをメクサンがひろいあつめてみたら、あの白い玉がかんぺきに消えてしまっていたらしいんだ。

La pluie

雨

ぼくは、どしゃ降りの雨が大すきだ。どしゃ降りになると学校に行かなくていいし、家の中で模型電車で遊べるからね。でも今日は、どしゃ降りじゃなかったので、学校に行かなくてはならなかった。

だけど、雨の日だって楽しいことがある。口をあけたまま空を向いて雨つぶをのんで遊んだり、水たまりを歩いて友だちに泥水をかけたりする。雨どいの下を歩くのも、おもしろいよ。雨だれが首の中に入ると、すごくひやりとするからで、首までボタンをとめたレインコートじゃ、雨どいの下を通ってもおもしろくないんだ。

ただ雨の日がつまらないのは、ぬれてしまうので休み時間に校庭に出られないことなんだよ。

教室には電気がついていて、とてもへんな感じだった。雨の日の教室で、ぼくが大すきなのは、窓ガラスをつたって雨つぶが下に流れて行くのを見ることだ。まるで川のようなんだ。

それからカネがなり、先生がぼくらに言った。

「はい、休み時間ですよ。おしゃべりをしてもいいですが、おとなしくしてください」

するとみんなが、一度にしゃべりはじめた。ものすごくやかましかったので、話をするには大声でどならなければならなかった。

先生は、ためいきを一ついて、ドアをあけたまま廊下に出て行った。そして、先生もほかの先生たちとお話をはじめたけど、なんと言ったって、ぼくらの先生がいちばんすてきなんだ。だからだよ、ぼくらが先生をあんまりおこらせないようにしてるのは。

「さあ、みんな」と、ウードが言った。「ボールあて鬼ごっこをやらないか？」

「きみは、すこしおかしいんじゃないのか？」と、リュフュスが言った。「そんなことをしたら先生にしかられるし、ぜったいにガラスを割っちゃうぞ！」

「なあんだ」と、ジョアキムが言った。「それなら窓をあけとけばいいよ！」

こいつは名案だったので、ぼくらはみんなで窓をあけに行ったけど、両手で耳をふさぎ大声で教科書を読みながら歴史の復習をしているアニャンはべつだった。どうかしているんだよ、アニャンは！

窓をあけたら、風が教室に吹きこんできて、すごかった。ぼくらは顔がびしょびしょになって楽しかったけど、そのとき大声が聞こえて、先生が教室に入ってきた。

「いったいどうしたの！」と、先生が大きな声で言った。「すぐに窓をしめなさい！」

「ボールあて鬼ごっこをやるためなんです、先生」と、ジョアキムが説明した。

すると先生は、ボール遊びなんてとんでもないことですと言って、窓をしめさせ、ぼくら全員に着席するように言った。

でもこまったことに、あけた窓のそばのいすが、雨でびしょびしょになっていたんだ。

水が顔にかかるのはおもしろいけど、水の上に腰かけるとなると話はべつだね。

先生は両手を上げて、あなたたちは手におえないわ、ぬれていないいすに、つめてすわりなさい、と言った。それでみんなワイワイ言いながら、すわる席をさがしまわったけど、一つに五人も腰かけるいすができてしまった。三人もよけいにすわると、いすはとってもきゅうくつなんだ。ぼくは、リュフュスとクロテールとウードといっしょにすわった。

それから先生は、定規で教卓をたたきながら、

「しずかになさい！」と、大声で言った。

もう、だれもなにもしゃべらなかったけど、

アニャンだけは先生の声がきこえず、歴史の教科書の復習をつづけていた。アニャンはいつも、ふたりがけのいすにひとりですわってるんだ。テストの時間でもなければ、だれもこの先生のお気に入りの横にすわりたがらないからね。

それからアニャンも顔を上げ、先生を見て、教科書を読むのをやめた。

「いいこと」と、先生が言った。「もう、みなさんのおしゃべりはたくさんです。すこしでもうるさくしたら罰をあたえます！　わかりましたね？　それじゃ、つめすぎないようにすわりなおしなさい。ただし、おしゃべりはしないこと！」

それでぼくらは席を立ち、だまっていすをかわった。先生がこんなにおこっているときは、ふざけたりしちゃいけない。ぼくは、ジョフロワとメクサンとクロテールとアルセストといっしょにすわったけど、アルセストがひとりでうんと場所をとってジャムパンの食べくずをばらまいているので、あまりいい気分じゃなかった。

ぼくらのようすを見ていた先生は、一つ大きなためいきをついて、ほかの先生たちとお話をするために、また出て行った。

するとジョフロワが席を立って、黒板にチョークで、とてもおもしろい男の人の絵をかいた。その絵には鼻がなかったけど、ジョフロワは絵の横に〈メクサンはまぬけです〉と書きたした。これを見て、また歴史の復習をやっていたアニャンをのぞいて、ぼくらはみんなゲラゲラ笑った。

メクサンは席を立って、ジョフロワに平手打ちをくらわせようとしたけど、ジョフロワはうまく身をかわした。でも、それでみんなが席を立って大声で話しはじめたので、先生が走ってきた。先生の顔はまっかで、目が大きくなっていた。先生がこんなにおこったのを見るのは、今週になってはじめてだった。

そして、先生が黒板の絵に気づいたときは、もう最悪だった。

「だれがこれを書いたの？」と、先生がきいた。

「ジョフロワです」と、アニャンが答えた。

「ちくしょうめ！」と、ジョフロワがさけんだ。「おぼえてろよ、平手打ちをくらわせてやるからな！」

「そうだ！」と、メクサンもさけんだ。「やっちまえ、ジョフロワ！」

それからは、もうたいへんだった。ものすごくおこった先生は、定規で教卓を何度も何度もたたいた。アニャンは、みんなぼくがきらいなんだ、こんなのは不公平だ、みんながぼくをいじめる、ぼくは自殺してパパとママに言いつけてやる、と大声で泣きわめいた。全員が席を立って、大声でさけびまわり、とてもおもしろかった。

「着席！」と、先生がさけんだ。「これがさいごですよ、着席なさい！　もうおしゃべりはたくさんです！　着席！」

それでぼくらはすわった。ぼくは、リュフュスとメクサンとジョフロワといっしょだったけど、そこへ校長先生が、教室を見にこられた。

「起立！」と、先生。

「着席！」と、校長先生。

それから校長先生はぼくらを見わたし、ぼくらの先生に質問された。

「いったいなにごとですか？　あなたのクラスの生徒たちのさけび声が、学校じゅうにひびいていますよ！　とんでもないことです！　それに、どうして一つのいすに四人も五人もかけているのです。あいている席があるじゃありませんか？　さあ、みんな自分の席にもどりなさい！」

ぼくらがみんな席を立つと、先生は、いすが雨でぬれたわけを校長先生に説明した。校長先生はおどろいて、よろしい、それなら、いまいた席にもどりなさい、と言われた。それでぼくは、アルセストとリュフュスとクロテールとジョアキムとウードといっしょにすわったけど、ものすごくきゅうくつだった。

やがて校長先生は黒板を指さし、

「これを書いたのは、だれかね？　さあ、早く言いなさい！」ときいた。

こんどは、アニャンが口をひらくまもなかった。ジョフロワが泣きながら立って、ぼくがわるいんじゃありません、と言ったからだ。

「後悔先に立たずだね、きみ」と、校長先生が言われた。「きみは、将来は刑務所に行くような、わるい方向に進んでおるようだ。わたしが、自分の友だちをぶじょくしたり下品なことばをつかったりする、わるいくせをなおしてあげるとしよう！　きみが黒板に書いたことを五百回書いて、わたしに提出しなさい。わかったかね？……それからほかのみんなについては、雨はもうやんでいるけど、きょうは休み時間に校庭に出ることを禁止する。そうすれば、規律のたいせつさがすこしはわかるようになるはずだ。きみたち全員を、きみたちの先生の監督で教室に居のこりにします！」

校長先生が出て行くと、ぼくはジョフロワとメクサンといっしょにすわった。

ぼくらはときどき先生をおこらせてしまうけど、ぼくらの先生はほんとうにすてきなんだ。先生は、ぼくらのことが大すきなんだと思うな。だって、ぼくらがきょう校庭に出てはいけないとわかったとき、みんなの中でいちばん悲しそうな顔をしたのが、先生だったんだもの！

⓾

Les échecs

チェスは

ドカンドカンドカン……

日曜日は雨が降っていて寒かったけど、ぼくはへいきだった。だってぼくはアルセストの家におやつに呼ばれていたし、アルセストはいいやつで、まるまるふとっていて、食べるのが大すきなんだ。アルセストといっしょだと、いつでも楽しい。けんかをしてるときでもだよ。

アルセストの家につくと、アルセストのママが出むかえてくれた。アルセストとアルセストのパパは、もうテーブルについて、ぼくのくるのを待っていた。

「おそかったね」と、アルセストがぼくに言った。

「口の中にものを入れたまま話すんじゃない」と、アルセストのパパが言った。「バターをまわしておくれ」

おやつは、ココアが二はい、クリームケーキ、バターとジャムつきトースト、ソーセージ、それにチーズだった。

食べおわるとアルセストがアルセストのママに、ニコラに味見をさせてあげたいから、お昼ののこりの白インゲンマメのシチューをすこし食べてもいい?ときいた。アルセスト

のママは、だめよ、これ以上食べたら晩ごはんが食べられなくなるし、それにお昼のシチューはもうのこっていませんよ、と答えた。ぼくは、どちらにしても、もう食べる気はしなかった。

遊びに行こうとしてぼくらが席を立つと、アルセストのママがぼくらに、うんといい子にしてちょうだいね、とくにお部屋をちらかさないように。午前中いっぱいかかってかたづけたばかりですからね、と言った。

「汽車と小型自動車とビー玉とサッカーボールで遊ぼうぜ」と、アルセストが言った。

「だめ、だめ、だめよ！」と、アルセストのママが言った。「お部屋をちらかさないで。もっとしずかに遊んでちょうだい！」

「それじゃあ、なにをやったらいいの？」と、アルセストがきいた。

「わたしにいい考えがある」と、アルセストのパパが言った。「世界じゅうでいちばん頭をつかうゲームを教えてあげよう！　さきに部屋に行ってなさい、すぐに、わたしも行くから」

それでぼくらはアルセストの部屋に行ったんだ。部屋は、ほんとうにきれいにかたづいていた。

そこへアルセストのパパが、チェスのゲームをかかえてやってきた。

「チェスなの？」と、アルセストが言った。「ぼくたち、遊び方がわからないよ！」

「ちょっと待った」と、アルセストのパパが言った。「いま教えてあげるからね。ほらごらん、すごいだろ！」

ほんとうに、チェスってすごくおもしろいよ！

アルセストのパパはぼくらに、まず駒のならべ方を教えてくれた（チェッカーなら、ぼくは強いんだよ！）。それから、ポーン（兵士）、ルーク（城）、ビショップ（僧正）、ナイト（騎士）、キング（王様）とクイーン（女王様）などの駒の動かし方を説明して、つぎに敵の駒のとり方も教えてくれたけど、これがかんたんではなかった。

「このゲームは、二つの軍隊の戦争のようなものだ」と、アルセストのパパが言った。「きみたちが将軍なんだよ」

　それからアルセストのパパは、白と黒のポーンを両手に一つずつとって握りこぶしを作り、ぼくに、どちらだときいた。ぼくが白い駒をひいて、ぼくらはゲームをはじめた。とてもやさしいアルセストのパパは、ぼくらのそばにいて、まちがうといろいろ教えてくれた。アルセストのママがようすを見にきたけど、ぼくらがアルセストの机でおとなしく遊んでいるのを見て、満足そうだった。それからアルセストのパパがビショップをうごかし、笑いながら、ニコラの負けだと言った。

「さて、これでもう遊び方はわかったね。じゃこんどは、ニコラが黒い駒で、ふたりだけでやってごらん」

　そしてアルセストのパパはアルセストのママに、たいせつなのはやり方をまなぶことだよ、とか、ほんとうにシチューはのこっていないのかい、とか言いながら、いっしょに部屋を出て行った。

黒い駒でまいったのは、アルセストの指にいつもついてるジャムのせいで、どの駒もすこしべとべとしていたことだ。

「戦闘開始」と、アルセストが言った。「前へ進め！　パンパカパーン！」

そしてアルセストはポーンを進めた。それでぼくはナイトを進めたけど、ナイトは、うごかすのがいちばんむずかしい。というのもナイトは、まっすぐ二つ行ってそれから横に一つ進むからだけど、ほかの駒をとびこすことができるので、やっぱりいちばんかっこいいんだ。

「勇者ランスロット（イギリスの「アーサー王伝説」に出てくる騎士）は敵をおそれず！」

と、ぼくはさけんだ。

「前に進め！　ブルン、ブン、ブン、ブルン、ブン！」と、口で太鼓をたたくまねをしながら、アルセストは手の甲で、いっぺんにたくさんのポーンを進めた。

「おい！　そんなことはできないんだぞ！」と、ぼくが言うと、アルセストは、「きみも陣地をまもるんだ、やってみなよ！」と、さけんだ。アルセストは木曜日に、ぼくといっしょにクロテールの家で、城塞と騎士がいっぱい出てくるテレビを見たんだ。そこでぼくも大砲をドカン、機関銃をラタタタとうちながら両手でポーンをおしたら、ぼくの駒とアルセストの駒がぶつかって、ばらばらと床の上に落ちた。

「ちょっと待った」と、アルセストが言った。「ずるいぞ！　きみは機関銃をつかったな、だけど、あのころに機関銃はなかったんだぞ。あったのは大砲だけだ、ドカン！　それと剣だ、チャラチャン！　いんちきをやるなら、遊ばないぜ」

　アルセストの言うとおりだったので、大砲と剣でぼくらはチェスをつづけた。ぼくはビショップを前に進めたけど、

これは失敗だった。というのもポーンがぜんぶたおれていたから。アルセストがビー玉をやるときのように指ではじいて、ぼくのビショップをぼくのナイトにぶつけたので、ナイトがたおれた。そこでぼくもおなじようにして、ぼくのルークでアルセストのクイーンをやっつけてやった。

「ずるいぞ」と、アルセストがぼくに言った。「ルー

クは、まっすぐに進む駒なんだ。それなのに、きみはいま、ルークをビショップみたいにななめにうごかしたじゃないか！」

「勝利だ！」と、ぼくはさけんだ。「わが軍は優勢だ！　進め、勇敢な兵士たちよ！　アーサー王のために！　ドカン！　ドカン！」

　そしてぼくは、指で駒をどんどんはじきとばしたんだ。とてもおもしろかった。

「待った」と、アルセストがぼくをとめた。「指だと、かんたんすぎるよ。ビー玉をつかおう。ビー玉が大砲の玉だ、ほら、ドカン、ドカン！」

「わかった」と、ぼくは言った。「でも、チェス盤の上じゃ、せますぎるよ」

「へいきだよ」と、アルセストが言った。「きみは部屋の向こうがわで、ぼくはこっちがわだ。それから駒は、ベッドといすと机の下にかくしたほうがいいな」

　それでアルセストは道具箱からビー玉をとり出そうとしたけど、道具箱は部屋のように整理されてなくて、中のものがたくさんじゅうたんの上に落ちた。

　ぼくは白いポーンと黒いポーンを手ににぎって、アルセストにえらばせた。アルセストは白をひいた。ぼくらは「ドカン！」と言いながらビー玉を投げはじめたけど、ぼくらの駒はうまくかくしてあったので、敵をやっつけるのはかんたんじゃなかった。

「ねえ」と、ぼくが言った。「きみの汽車や自動車を戦車にしたらどうだろう？」

アルセストは道具箱から汽車と自動車をとり出し、ぼくらはその中にポーンをのせて、ブルンブルンと戦車を前進させた。

「でも」と、アルセストが言った。「ポーンが戦車の中にいると、ビー玉じゃぜったいにやっつけることができないぜ」

「だったら爆撃しよう」と、ぼくが言った。

それで、ビー玉をいっぱいつかんだ両手をひろげてぼくたちは飛行機になり、ブーンと飛んで戦車の上にくると、ビー玉をボン！と落とした。でもビー玉では汽車や自動車の戦車には歯が立たなかったので、アルセストはサッカーボールをもってきた。そして、海に行くために買ってもらった赤と青のべつのボールを、ぼくに貸してくれた。

ぼくらは、戦車にボールをぶっつけはじめたけど、これはすごくおもしろかったよ！

だけど、アルセストが強く投げすぎたのでサッカーボールがドアにあたり、はね返って机の上のインクびんを落っことしたところへ、アルセストのママが入ってきた。

アルセストのママは、かんかんにおこった。アルセストのママはアルセストに、今夜の晩ごはんはデザートぬきですよと言い、ぼくには、もうおそいから、あなたのママのところにお帰りなさいと言ったんだ。ぼくが外に出ても、アルセストの家からは、アルセストがパパにしかられている声がきこえてきた。

チェスをとちゅうでやめなければならなかったのは、ざんねんだったな。チェスって、とてもおもしろいんだもの！　お天気になったら、みんなで空き地でチェスをやるんだ。

だって、なんといっても、チェスは家の中でやるゲームじゃないからね。

ドカン、ドカン、ドカン、なんだもの！

Les docteurs

レントゲン検診車のドクターたち

けさ、ぼくが校庭に入って行ったら、ジョフロワがすごく心配そうな顔でぼくのところにやってきた。ジョフロワは、お医者さんがぼくらのレントゲンをとりにくるんだ、と言った。上級生が話しているのをきいたんだって。

そこへ、ほかの友だちもやってきた。

「うそだよ」と、リュフュスが言った。「上級生はいつも、うそをついてばかりなんだから」

「なにがうそだって？」と、ジョアキムがきいた。

「けさ、お医者さんがぼくらに予防注射を打ちにくるってことさ」と、リュフュスが答えた。

「ほんとうなのかい？」と、ジョアキムがとても心配そうな顔で言った。

「ほんとうって、なにがさ？」と、メクサンがきいた。

「お医者さんが、ぼくらを手術しにくるってことだよ」と、ジョアキムが答えた。

「ぼくはいやだ！」と、メクサンがさけんだ。

「なにがいやだって！」と、ウードがきいた。

「ぼくは盲腸を切られたくないんだよ」と、メクサンが答えた。

「盲腸って、なに？」と、クロテールがきいた。

「ぼくが小さいときに切ったやつだ」と、アルセストが答えた。「だから、きみたちの話は、ぼくにはおかしくってしかたがないや」

そしてアルセストは、ほんとに笑ったんだ。

生徒指導のブイヨンがカネをならしたので、ぼくらは整列した。笑っているアルセストと、学科の復習をしていてなにもきいていなかったアニャンをべつにして、ぼくらはみんな、とても心配だった。

教室に入ると、先生がぼくらに言った。

「みなさん、きょうは、ドクターたちが見えて……」

でも先生は、お話をつづけることができなかった。アニャンがいきなり席を立って、大声でわめいたからだ。

「ドクターだって？　ぼくは病院になんか行きたくない！　ぼくは病院なんか行かないぞ！　ぼくはうったえてやる！　それに、ぼくは病院には行けないんだ、だってぼくは病気なんだから！」

先生は定規で教卓をたたき、アニャンが泣いているのもかまわずに話をつづけた。

「こわがったり、赤ちゃんみたいに泣いたりする必要はありません。ドクターはただ、みなさんのレントゲン写真をとりに見えるだけなのですから。すこしもいたくないのですよ……」

「でも」と、アルセストが言った。「だれかがぼくに、ドクターは盲腸を切りにくると言いました！　盲腸ならぼくはへいきだけど、レントゲンならぼくは行きません！」

「盲腸だって？」と、アニャンはさけんで、床の上をころげまわった。

先生はおこって、定規でまた教卓をたたき、アニャンに、しずかにしなさい、さもない

SANITAIRE

と地理の成績を0点にします、と言った（ちょうど地理の時間だったんだ）。それから、かってにしゃべった人は退学にします、とも言った。それで先生をのぞいて、もうだれも、なにも言わなかった。

「いいですか」と、先生が言った。「レントゲンは、みなさんの肺が健康かどうかをしらべる、ただの写真です。それに、みなさんもきっと、これまでにレントゲン写真をとったことがあるはずですよ、おぼえてませんか。だから大さわぎはおやめなさい。むだなことですからね」

「でも先生」と、クロテールが言った。「ぼくの肺は……」

「あなたの肺のことはきいていません。さあ黒板の前に出てきて、ロワール川の支流について知っていることを説明しなさい」と、先生はクロテールに言った。

クロテールへの質問がおわって、クロテールが罰として教室のうしろのすみに立ちに行こうとしたとき、ブイヨンがやってきた。

「あなたのクラスの番ですよ、先生」と、ブイヨンが言った。

「わかりました」と、先生が言った。「起立、しずかにして整列」

「罰をうけた人もですか？」と、クロテールがきいた。

でも先生は、クロテールに返事ができなかった。アニャンが泣きわめいて、行きたくないとさわぎはじめたからだ。もしレントゲンのことが前もって知らされていたら、ぼくはパパとママから免除届けをもらってきたのに、ぼくはあした、届けをもらってきますと言いながら、アニャンは両手でいすにしがみつき、両足をバタバタさせた。

先生はためいきをついて、アニャンのそばに行った。

「いいこと、アニャン」と、先生はアニャンに話しかけた。「先生が約束します、なにもこわいことはありません。ドクターは、あなたにさわりもしないわ。それに、あなたもわかると思うけど、レントゲンはおもしろいのよ。ドクターは大きなレントゲン検診車で見えて、みんな小さな階段をのぼって中に入るんですよ。レントゲン検診車の中は、あなたが見たこともないほどきれいなのよ。それから、ほら、いい子にしてたら、算数の時間にあなたに質問することを約束してあげますよ」

「分数について？」と、アニャンがきいた。

先生が、そうよと答えると、ようやくアニャンはいすからはなれて、ぼくらの列に入ったけど、ふるえながら小さな声で、ずっと「うお、うお、うお」と言いつづけていた。

ぼくらが校庭に出たとき、教室に帰る上級生たちとすれちがった。

「ねえ！　いたかった？」と、ジョフロワが上級生たちにきいた。

「ものすごくいたいぞ！」と、ひとりの上級生がこたえた。「やかれて、刺されて、ひっかかれるぜ。ドクターは大きなナイフをもってるから、そこらじゅう血だらけだぞ！」

上級生はみんな笑いながら行ってしまったけど、アニャンは地面をころげまわり、気分がわるくなったので、ブイヨンがアニャンをだいて医務室にはこんだんだ。

学校の門の前に、ものすごく大きな白いレントゲン検診車がとまっていて、うしろのほうに中へ入るための小さな階段が、前のほうに外へ出るためのべつの小さな階段がついていた。とてもかっこいいんだ。校長先生が、白衣を着たドクターと話をしていた。

「この子たちです」と、校長先生が言った。「これが、いまお話しした子どもたちですよ」

「どうかご心配なく、校長先生」と、ドクターが言った。「わたしたちは、なれていますから。わたしたちにかかれば、この子たちもおとなしいものですよ。すべて、なにごともなく順調におわりますよ」

すると、すごい悲鳴がきこえた。ブイヨンがアニャンの腕をつかんで、やってきたんだ。

「どうも」と、ブイヨンが言った。「この子からはじめてください。すこし神経質な子なので」

そこでドクターがアニャンをだき上げたんだけど、アニャンはドクターを足でバンバンけって、はなせ、ドクターはぼくのからだにさわらないと約束したはずだ、みんなうそつきだ、ぼくは警察にうったえてやる、とわめいた。ドクターがアニャンをかかえてレントゲン検診車の中に入ってからも、わめき声はきこえていた。

やがて、「うごかないで！　おとなしくしないと、病院へつれて行くぞ！」という大きな声が聞こえ、それから「うお、うお、うお」という声がして、そのあとアニャンが横のドアから出てくるのが見えた。アニャンは、もうにこにこしていて、走って学校の中にもどって行った。

「さてと」と、顔の汗をふきながら、ドクターが言った。「最初の五人、前に出て！　兵隊さんみたいにならんで！」

でも、だれもうごかなかったので、お医者さんは五人を指さして言った。

「きみ、きみ、それから、きみときみだ。」

「どうしてあいつじゃなくて、ぼくらなの？」と、ジョフロワがアルセストを指さしながら言った。

「そうだ、そうだ！」と、リュフュスとクロテールとメクサンとぼくが言った。

「ドクターは、きみと、きみと、きみと、きみと、きみだと言ったんだ」と、アルセストが言った。「ぼくだなんて、言わなかったよ。だから、最初に行くのはきみだ、そして、きみと、きみと、きみと、きみだ！ ぼくじゃない！」

「へえ、そうかい？」と、ジョフロワがやり返した。「もし、おまえが行かないなら、こいつも、こいつも、こいつも、こいつも、ぼくも、行くもんか！」

「いいかげんにしなさい！」と、ドクターが大声で言った。「さあ、きみたち五人、車に入りなさい！ さあ、早く早く！」

それでぼくらは中に入ったけど、レントゲン検診車の中はとてもおもしろかったよ！ ドクターがぼくらの名前を書きとめ、ぼくらは服をぬいで、ひとりずつガラスの板のうしろに立たされ、はいおしまいと言われて、また服を着たんだ。

「この車はかっこいいな！」と、リュフュスが言った。

「小さな机を見たかい？」と、クロテールが言った。

「旅行をするには最高だね！」と、ぼくが言った。

「これはどうやってうごくの？」と、メクサンが言った。

「こら、さわるんじゃない！」と、ドクターがさけんだ。「さあ、降りなさい！　わたしたちはいそがしいんだ！　行って、行って！　ちがう！　そっちじゃない！　あっち！　あっちだよ！」

でも、ジョフロワとメクサンとクロテールは入り口のほうから出ようとしたので、入ってくる仲間とぶつかって大さわぎになった。それから出口のところにいたドクターが、まわれ右をしてもう一度中に入ろうとしたリュフュスをとめて、もうレントゲンはすんだんだろう、ときいた。

「そいつはまだだよ」と、アルセストが言った。「ぼくはもうおわったけど」

「きみの名まえは？」と、ドクターがきいた。

「リュフュス」と、アルセストが答えた。

「きみの身がわりなんて、いやだよ！」と、リュフュスが言った。

「きみたち、あっちだ！　出口から入るんじゃない！」と、ドクターが大声でさけんでいた。

そしてドクターたちは、出たり入ったりする大ぜいのクラスメートや、もう盲腸がないのでぼくはレントゲンをとらなくていいんだと説明するアルセストを相手にして、仕事をつづけた。

しばらくして、レントゲン検診車の運転手が窓から身をのり出して、ずいぶん予定の時間をすぎているので、そろそろ出かけましょうか、ときいた。

「発車していいよ！」と、車の中からドクターがさけんだ。「アルセストという子がおわってないけど、きょうは欠席なんだろう！」

そしてレントゲン検診車は走って行った。車の外でアルセストと話していたドクターがふり向いて、「おおい！　待ってくれ！　待ってくれ！」とどなったけど、レントゲン検診車のドクターたちにはきこえなかったらしい。たぶん、みんなが大声でさけんでいたからだと思う。

おいてきぼりをくったドクターはおこっていたけど、ドクターたちとぼくらは、おあいこだったんだ。というのは、ドクターたちは、ぼくらのところにドクターをひとりのこして行ったかわりに、ぼくらのクラスメートをひとりさらって行ったからだ。ジョフロワがまだ、レントゲン検診車の中にのこっていたんだよ。

La nouvelle librairie

新しい本屋さん

学校のすぐそばの、前にクリーニング店があった場所に新しい本屋さんが開店したので、ぼくはクラスメートたちと、学校の帰りに見に行った。

たくさんの雑誌や新聞や本や万年筆がかざられた本屋さんのショーウィンドウは、とてもきれいだった。

ぼくらが中に入ると、本屋さんのおじさんは笑いながら、大きな声で言った。

「これは、これは！　お客さんですな。きみたち、そこの小学校からきたのかい？　わたしたちはなかよしになれそうだね。わたしの名まえは、エスカルビーユというんだ」

「ぼく、ニコラ」と、ぼくが言った。

「ぼくはリュフュス」と、リュフュス。

「ぼくはジョフロワ」と、ジョフロワ。

「『ヨーロッパの社会経済問題』という雑誌がありますか？」と、店に入ってきたおじさんがきいた。

「ぼく、メクサン」と、メクサンが言った。

「うん、そうかい……それはよかったね、ぼうや」とエスカルビーユさんは言うと、男のお客さんに、「ただいまおもちします、ムッシュー」と言って、山のような雑誌の中をさがしはじめた。

　するとアルセストが、エスカルビーユさんにきいた。

「こっちの、このノートはいくらなの？」

「なに？　どれ？」と、エスカルビーユさんが言った。「ああ、それ？　それはね、五十フラン※だよ。」

「学校だと三十フランで売ってるよ」と、アルセストが言った。

※フラン＝ユーロ導入前のフランスの通貨。

エスカルビーユさんは、お客さんの言った雑誌をさがすのをやめ、アルセストのほうをふり向いて言った。

「なんだって、三十フランだって？　百ページの方眼ノートがかい？」

「あっ、ちがった」と、アルセストが言った。「学校のは五十ページだ。このノート、見てもいい？」

「いいよ」と、エスカルビーユさんが言った。「でも、両手をきれいにしてからだよ。きみの手はバターパンのせいで、バターだらけだから」

「ねえ、わたしの雑誌『ヨーロッパの社会経済問題』はあるんですか、ないんですか？」と、お客さんがきいた。

「ございます、ムッシュー、ございますとも。すぐにおもちします」と、エスカルビーユさんがこたえた。「なにしろ開店したばかりで、まだ整理ができてなくて……おや、きみはそこでなにをしてるんだね？」

すると、カウンターのうしろにいたアルセストが、エスカルビーユさんに言った。

「おじさんがそっちにいるから、ぼく、自分で百ページのノートをとりにきたの」

「だめ！　さわらないで！　ほかのものまで落っこちてしまう！」と、エスカルビーユさんがさけんだ。「きのう徹夜でならべたんだから……ほら、はい、これがノートだけど、クロワッサンの食べかすをつけないで！」

それからエスカルビーユさんは、一冊の雑誌を手にとって、言った。

「やあ、ありました！『ヨーロッパの社会経済問題』ですね」

でも、雑誌を買いにきたおじさんはもういなかったので、エスカルビーユさんは大きなためいきをついて、雑誌をもとの場所にもどした。

「あった！」と、雑誌の一つを指さしながら、リュフュスが言った。「あれは、ぼくのママが毎週読んでる雑誌だよ」

「それはけっこう」と、エスカルビーユさんが言った。「じゃあ、これからきみのママは、この店であの雑誌を買ってくれるね」

「買うもんか」と、リュフュスが言った。「ぼくのママは雑誌を買ったことがないんだ。

ぼくの家のとなりに住んでるボワタフルールのおばさんが、読んだあとの雑誌をぼくのママにくれるんだ。それに、ボワタフルールのおばさんも雑誌を買わないよ。おばさんは毎週、雑誌を郵便でうけとるんだ」

エスカルビーユさんは、なにも言わずにリュフュスを見つめた。するとジョフロワがぼくの腕をひっぱって、「見にこいよ」と言った。

見ると、壁にたくさんの漫画絵本がならんでいた。すごいんだよ！ ぼくらは表紙から見はじめて、中を見ようとしたけど、中のページはクリップでとめられていて、あけることができなかった。ぼくらは、クリップをはずしたりはしなかった。だってクリップをはずしたら、たぶんエスカルビーユさんがいやがるだろうし、ぼくらはエスカルビーユさんのじゃまをするつもりはなかったからね。

「ねえ」と、ジョフロワがぼくに言った。「ぼくはあの本をもってるよ。ブルーン……パイロットのお話なんだ。とても勇気のあるパイロットがいて、毎回そのパイロットの飛行機を落とそうというやつらが出てくるんだ。でも、飛行機を落としてみると、中にはそのパイロットじゃなくて、ほかの仲間がいるんだ。それでやつらは、勇敢なパイロットが自分の仲間をやっかいばらいするために飛行機を墜落させたと考えるんだけど、そうじゃなくて、あとでパイロットがほんとうの悪者たちを見つけるという話なんだ。きみはまだ読んでないの？」

「まだ読んでない」と、ぼくが言った。「ぼくが読んだのは、カウボーイと、すたれてしまった金鉱の話だよ。きみ、知ってるかい？　カウボーイがやってくると、ふくめんをしたやつらがカウボーイをねらうんだ。バン、バン、バン、バン！」

「いったいなにごとだね？」と、エスカルビーユさんが、向こうからさけんだ。エスカルビーユさんはクロテールに、お客さんが本をえらんだり買ったりする回転式の本棚をいたずらしないようにと、注意していたんだ。

「ジョフロワに、ぼくが読んだお話を説明してるんだよ」と、ぼくはエスカルビーユさんに言った。

「ニコラの本、ありますか？」と、ジョフロワがきいた。

「どんなお話かな？」と、髪を指でなでつけながら、エスカルビーユさんがきいた。

「カウボーイが、すたれた金鉱にやってくる話です」と、ぼくは言った。「それで、鉱山の中にはカウボーイを待ちぶせしているやつらがいて……」

「読んだ、読んだ」と、ウードが大きな声で言った。「やつらがうちはじめるんだ。バン、バン、ズドン！……」

「……バン！　それから保安官が、『やあ、よそ者らしいな』と言って」と、ぼくはつづけた。「『ここじゃ、よそ者はきらわれるぜ……』」

「そうだ」と、ウードが言った。「それでカウボーイがピストルをぬいて、バン！　バン！

ズドン！」

「わかった、もういいよ！」と、エスカルビーユさんが言った。

「ぼくは、パイロットの話のほうがすきだな」と、ジョフロワが言った。「ブルーン！　バウーン！」

「きみのパイロットの話なんか、笑わせらあ」と、ぼくが言った。「ぼくのカウボーイの話にくらべたら、てんでだめだね！」

「へえ！　そうかい？」と、ジョフロワが言った。「きみのカウボーイの話なんか、最低だよ。わかったか！」

「鼻の頭に一発、パンチをくらわせてやろうか？」と、ウードが言った。

「きみたち！……」と、エスカルビーユさんがさけんだ。

そのとたん、ものすごい音がして、本といっしょにいろんなものが床にちらばった。

「ぼくは、ちょっとしかさわってないよ！」と、クロテールが顔をまっかにしてさけんだ。

エスカルビーユさんは、ムッとした顔で言った。

「さあ、もうたくさんだ！　もうなんにもさわるんじゃないぞ。きみたちはなにか買うのか、それとも買わないのか？」

「……九十九……百！」と、アルセストが言った。「うん、やっぱりちゃんと百ページだ、うそじゃないや。すごい、ぼくはこのノートを買うぞ」

するとエスカルビーユさんが、アルセストの手からノートをとり上げた。アルセストの手はいつもべとべとしてるから、かんたんにとることができるんだ。

エスカルビーユさんは、ノートの中を見て、言った。

「こまったね！　きみの指のおかげで、ノートがべとべとになってる！　気のどくだけど、五十フランいただくよ。」

「いいよ」と、アルセストが言った。「でも、いまはもってないんだ。昼ごはんのとき、パパに五十フランくれるようにたのんでみるよ。でも、あんまりあてにしないでね。きのうぼくがふざけすぎたんで、パパはぼくに罰をあたえると言ってたから」

もうおそくなったので、ぼくらは「さよなら、エスカルビーユさん！」と大声であいさつをして、店を出た。

エスカルビーユさんは返事をしなかったけど、それはたぶん、アルセストが買うはずのノートをじっと見つめていたからなんだ。

ぼくは、新しい本屋さんができてとてもうれしかった。こんどからは、ぼくらがいつ行っても歓迎してもらえるだろうからね。だって、ママが言ってたけど、お店の人とはいつもなかよしにならないといけないんだ。なかよしになれば、そのつぎは、お店の人もぼくらのことをおぼえていて、うんとサービスしてくれるっていうんだよ。

Rufus est malade

リュフュス、病気になる

※ぼく病気なんです

算数の授業ちゅう、たまごとジャガイモをたくさん売るお百姓さんが出てくる、とてもむずかしい問題をやっているところで、リュフュスが手を上げた。

「はい、リュフュス、なんですか？」と、先生がきいた。

「教室を出ていいですか、先生？」と、リュフュスがきいた。「ぼく、病気なんです」

先生はリュフュスに、先生のところまできなさいと言い、リュフュスの顔を見て、リュフュスのおでこに手をあてて、こう言った。

「熱はないようだけど。でも、外に出ていいですよ。医務室へ行って、見てもらいなさい」

リュフュスは算数の問題をそのままにして、にこにこしながら出て行った。

するとクロテールが手を上げたので、先生はクロテールに、つぎの文の動詞の変化をやってくる罰をあたえた。

——ぼくは、算数の問題をやらずにすませる口実を作るために病気のふりをしてはいけない——それを、すべての法の過去・現在・未来形に変化させるんだ。

休み時間に校庭に出たぼくらは、リュフュスのところに行った。

「医務室へ行ったのかい？」と、ぼくがきいた。

「行かなかった」と、リュフュスが答えた。「休み時間まで、かくれていたんだ」

「なぜ医務室に行かなかったんだい？」と、ウードがきいた。

「ぼくは頭がいいからさ」と、リュフュスが言った。「この前医務室に行ったときは、ヨードチンキをひざにぬられて、

※ぼく病気なんです

ものすごくいたかったからね」

ジョフロワがリュフュスに、ほんとうに病気なのかときくと、リュフュスはジョフロワに、平手打ちをくらいたいのかとやり返し、それをきいたクロテールが大笑いをした。それから、だれがなにを言ったか、どうしてそうなったか、あまりよくおぼえてないけど、あっというまに、リュフュスのまわりでみんながとっくみ合いをはじめた。リュフュスは地面にすわってぼくらを見ながら、「やれ！　やれ！　やっちまえ！」と、さけんでいた。

もちろん、いつものように、アニャンとアルセストは勝負にくわわらなかった。アニャンは休み時間にはいつも学科の復習をしているし、どっちにしても、めがねをかけているので顔をぶつことができないんだ。アルセストのほうは、休み時間がおわるまでにジャムパンを二個食べなければならないから、それどころじゃないんだ。

すると、ムシャビエール先生がかけつけてきた。ムシャビエール先生というのは、まだ若い、新しい生徒指導の先生で、ほんとの生徒指導の先生のブイヨンを手つだってぼくらを見張っているんだ。ほんとうに、ぼくらがちゃんといい子にしているときでも休み時間

に見張ってるっていうのは、たいへんな仕事なんだよ。

「さてさて」と、ムシャビエール先生が言った。「こんどは、いったいなにごとだい、諸君？　全員、居のこりの罰をもらいたいのかね！」

「ぼくはだめです」と、リュフュスが言った。「ぼく、病気なんです」

「へえ」と、ジョフロワが言った。

「平手打ちをくらいたいのか？」と、リュフュスが言った。

「だまりなさい！」と、ムシャビエール先生が大声で言った。「しずかにしなさい。それとも、きみたち全員、気分がわるくなるような目にあいたいのか！」

それで、ぼくらはもうなにも言わなかった。

ムシャビエール先生はリュフュスに、こっちにきなさいと言っ

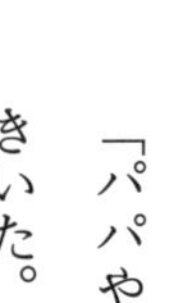

た。そして、

「どうしたんだい？」と、きいた。

リュフュスは、気分がよくないと答えた。

「パパやママに、そう言ったかい？」と、ムシャビエール先生がきいた。

「はい」と、リュフュスが答えた。「けさ、パパとママにそう言いました」

「それじゃあ、きみのママは、どうしてきみを学校にこさせたんだい？」

「だって」と、リュフュスが説明した。「ぼくは毎朝ママに、気分がわるい、と言うんです。だからママには、ほんとかうそかわからなかったんです。でも、きょうは、うそじゃありません」

ムシャビエール先生はリュフュスの顔をじっと見てから、頭をかき、医務室へ行きなさいと言った。

「いやです」と、リュフュスがさけんだ。

「どうして、いやなんだね？　もしきみが病気なら、医務室へ行かなくてはいけない。さあ、わたしの言うとおりにしなさい！」

そう言ってムシャビエール先生がリュフュスの腕をつかむと、リュフュスは大声でわめきはじめた。

「いやだ！　いやだ！　行かないぞ！　行かないぞ！」

そして、泣きながら地面をころげまわった。

「リュフュスをぶたないでください」と、ジャムパンを食べおえたアルセストが言った。

「先生は、リュフュスが病気なのがわからないんですか？」

ムシャビエール先生は両目をお皿のようにまるくして、アルセストの顔を見つめた。

「いや、わたしは……」と、先生はなにか言いかけたけど、すぐに顔をまっかにして、よけいなおせっかいはやかなくていい、とどなり、アルセストに居のこりの罰をあたえた。

「なんてこった！」と、アルセストがさけんだ。「ぼくは、リュフュスのまぬけが病気になったせいで居のこりになるんですか？」

「平手打ちをくらいたいのか？」と、泣くのをやめてリュフュスが言った。するとジョフロワが言い、それから、みんなが一度に大声で言いあらそいをはじめた。リュフュスは地面にすわって、ぼくらを見ていた。

そこへブイヨンがかけつけてきた。

「ムシャビエール先生、なにかもめごとかね？」

「リュフュスの病気のせいなんです」と、ウードが言った。

「きみには、なにもきいておらん」と、ブイヨンが言った。「ムシャビエール先生、この生徒に罰をあたえてください」

ムシャビエール先生がウードに居のこりの罰をあたえたので、アルセストはよろこんだ。だって、居のこりのときは、なかまがいるほうが楽しいからね。

それからムシャビエール先生はブイヨンに、リュフュスが医務室に行きたがらないこと、アルセストが無礼にも、リュフュスをぶたないでと言ったこと、自分は一度もリュフュスをぶたなかったことを説明して、ぼくらが手におえない、手におえない、手におえない、と三度も言った。ムシャビエール先生のさいごの声は、ぼくがママをおこらせたときのママのあの声にそっくりだった。

ブイヨンは、あごに手をやって、それからムシャビエール先生の腕をとると、すこしはなれたところにつれて行った。ブイヨンはムシャビエール先生の肩に手をかけて、小さな声で長いあいだ話をしていたが、やがてふたりそろって、ぼくらのほうにもどってきた。

「わたしのやり方をよく見ていなさいよ、ムシャビエール先生」と、ブイヨンはにんまり笑いながら言った。

そしてブイヨンは、指で合図をしてリュフュスを呼んだ。

「いい子だから、わたしといっしょに医務室へ行ってくれるね。いいね？」

「いやだ！」と、リュフュスがさけんだ。そしてリュフュスは、泣いて地面をころげまわった。「行かない！　行かない！　行かない！」

「リュフュスをむりやりつれて行ったら、いけないんだよ」と、ジョアキムが言った。

それからはたいへんだった。顔をまっかにしたブイヨンがジョアキムに居のこりの罰をあたえ、それを見て笑ったメクサンにも居のこりの罰をあたえた。ぼくがおどろいたのは、こんどはムシャビエール先生がにんまり笑ったことだった。

ブイヨンがリュフュスに言った。

「医務室に行きなさい！　いますぐ！　言われたとおりにしなさい！」

リュフュスも、もうこれ以上ふざけるのはよくないと思って、はい、わかりました。ひざにヨードチンキをつけないなら行きます、と言った。

「ヨードチンキ？」と、ブイヨンが言った。「ヨードチンキなどつけたりせんよ。でも、気分がよくなったら、わ

※おや、きみは病気だね

たしのところにきなさい。きみと話し合っておかないといけないことがあるからね。さあ、ムシャビエール先生といっしょに行きなさい」

それでぼくらがみんな医務室のほうに歩き出すと、ブイヨンがどなりはじめた。

「全員じゃない！　リュフュスひとりだ！　医務室は遊ぶところじゃないぞ！　おまけに、きみらの友だちは、もしかしたら伝染病かもしれないんだからな！」

それを聞いてぼくらは大笑いしたけど、いつもぼくらに病気をうつされることを心配しているアニャンは、笑わなかった。

しばらくしてブイヨンがカネをならし、ぼくらは教室に入った。

リュフュスは、ムシャビエール先生につれられて家に帰って行った。リュフュスは運がよかったね。つぎの授業は文法だったんだ。

そして病気のほうは、さいわいなことに、かるくてすんだんだよ。リュフュスとムシャビエール先生がハシカにかかっただけだったんだから。

Les athlètes
空(あ)き地(ち)のアスリートたち

読者にみんなにはもう話したかもしれないけど、ぼくらの街には、クラスメートたちとよく遊びに行く空き地があるんだ。

この空き地が、すごいんだよ！　草や石ころがあるし、タイヤはついてないけどまだまだかっこいい自動車があって、それはブルーンと言えば飛行機になるし、ブーブーと言えばバスになったりするんだ。それに、空き箱や、ときどきはネコがいることもあるけど、ネコと遊ぶのはむずかしいんだ。ネコたちは、ぼくらがくるのを見ると逃げてしまうからね。

きょうは、みんなで空き地に集まって、これからなにをするか相談した。というのも、アルセストのサッカーボールが先生にとり上げられてしまって、学期がおわるまで返してもらえないからなんだ。

「戦争ごっこをやろうか？」と、リュフュスが言った。

「戦争ごっこをやろうとすると、だれも敵になりたくないから、けんかになるにきまってるだろ」と、ウードが言った。

「ぼくに、いい考えがある」と、クロテールが言った。「陸上競技会をやろうよ」

クロテールはぼくらに、テレビで見た陸上競技会がとてもおもしろかったんだ、と説明した。たくさんの競技があって、みんなが同時にいろんなことをするんだけど、いちばん成績のいい人がチャンピオンになって、台の上にのぼってメダルをもらうんだって。

「でも、台とメダルはどこにあるの？」と、ジョアキムがきいた。

「あるふりをするんだ」と、クロテールが答えた。

それはいい考えだったので、ぼくらはさんせいした。

「それじゃ、最初の競技は走り高とびにしようよ」と、クロテールが言った。

「ぼくは、とぶのはいやだよ」と、アルセストが言った。

「きみだって、とばなくちゃいけないんだ」と、クロテールが言った。「みんなとぶんだよ！」

「ごめんだね」と、アルセストが言った。「ぼくは食べてるところなんだぜ。こんなときにとんだら病気になってしまうし、病気になったら、晩ごはんまでにこのジャムパンを食べられないじゃないか。だから、ぼくはとばないよ」

「じゃ、いいよ」と、クロテールが言った。「きみは、ぼくらがとびこすひもをもっててくれよ。ひもがなくちゃ、とべないからね」

　そこでみんながポケットをさがすと、ビー玉や切手やキャラメルは出てきたけど、ひもはなかった。

「ベルトをつかえばいいよ」と、ジョフロワが言った。

「そいつはだめだ」と、リュフュスが言った。「ベルトがないと、ズボンがずり落ちて、うまくとべないぞ」

「アルセストはとばないんだから、アルセストのベルトを借りればいいさ」と、ウードが言った。

「ぼくはベルトをしてないぜ」と、アルセストが言った。「ぼくのズボンは、ずり落ちないんだ」

「そのへんに落ちてないかどうか、ぼくがひもをさがしてくるよ」と、ジョアキムが言った。

　するとメクサンが、空き地でひもをさがすなんてたいへんな仕事だし、午後じゅうさがしてもひもは見つからないかもしれないんだから、なにかほかの競技をやろうよ、と言った。

「そうだ、みんな！」と、ジョフロワがさけんだ。「さか立ちの競争をやろうよ。ほら、みんな！　見て、見て！」

ジョフロワは、さか立ちして歩きはじめた。ジョフロワはとてもうまく歩いたけど、クロテールが、陸上競技会でさか立ちの競技なんか見たことがないよ、まぬけだな、とジョフロワに言った。

「まぬけだって！　だれがまぬけだって？」と、さか立ちのままジョフロワが言った。それからさか立ちをやめると、クロテールに向かって行って、けんかをはじめた。

「ちょっと、みんな」と、リュフュスがとめた。「なぐりっこやふざけっこなら、空き地にこなくたって、いつも学校でやってるじゃないか」

リュフュスの言うとおりだったので、クロテールとジョフロワもけんかするのをやめ、ジョフロワはクロテールに、いつでも、どこでも、どんなふうにでも相手になってやるぞ、と言った。

「おれをおどしてるつもりなのかい、ビル」と、クロテールが言った。「この牧場じゃ、おまえみたいなごろつきやろうのあつかいにゃ、なれてるんだぜ」

「どうするの」と、アルセストが言った。「カウボーイごっこをやるのかい、走り高とびをやるのかい？」

「きみは、ひものない走り高とびを見たことがあるのか？」と、メクサンがきいた。

「なんだと、このやろう」と、ジョフロワが言った。「さあ、ぬきやがれ！」

ジョフロワが指をピストルにして、パン！　パン！　とやると、リュフュスは両手でおなかをおさえ、「やったな、トム！」と言いながら草の上にたおれた。
「走り高とびができないなら、短距離走をやろうよ」と、クロテールが言った。
「ひもがあれば、ハードル競走ができるのになあ」と、メクサンが言った。
するとクロテールがまた、ひもはないんだから、へいから自動車まで百メートル競走をやろうよ、と言った。

「百メートルもあるのかい、これで？」と、ウードがきいた。

「なくったっていいじゃないか」と、クロテールが答えた。「自動車に一番に到着したやつがチャンピオンで、ほかのみんなは負けなんだ」

するとメクサンが、それはほんとの百メートル競走じゃない、ほんものの百メートル競走はゴールにひもがあって、勝った人が胸でひもを切るんだ、と言った。

するとクロテールがメクサンに、またひもの話をもち出してぼくをこまらせるつもりだな、と言った。そしたらメクサンがクロテールに、ひもがないのに陸上競技会をやることはできないんだと言い、こんどはクロテールが、ひもはないけど、手ならあるぞと言ってメクサンの顔をぶとうとした。メクサンはクロテールに、いっちょうやるかと言ったけど、もしメクサンが先にクロテールにキックを入れなければ、クロテールのパンチがあたっていただろうと思う。

けんかがおわっても、クロテールはすごくおこっていた。クロテールは、きみたちは陸上競技のことをなにも知らないし、みんなろくでなしだと言ったけど、そこへジョアキムがにこにこしながらかけてくるのが見えた。

「おおい、みんな！　見てよ！　ひもを見つけたよ！」

するとクロテールは、それはすごい、そのひもで競技会をつづけることができる、走り高とびと百メートル競走はもうたくさんだから、こんどはハンマー投げをやろう、と言った。クロテールの説明では、ハンマー投げというのは、ほんとうの金づちを投げるのではなくて、ひもの先にくくりつけた鉄の玉を、からだをうんと速く回転させて投げる競技なんだって。そのハンマーをいちばん遠くに投げた人が、チャンピオンなんだ。

クロテールは、ひもの先に石をくくりつけ、ハンマーを作った。

「ぼくが考えたんだから、ぼくが最初にやるよ」と、クロテールが言った。「ぶっとばしてやるぞ！」

クロテールはハンマーをもって何度もくるくるとまわり、それから手をはなした。

ぼくらは陸上競技会をやめた。クロテールは自分がチャンピオンだと言っていたけど、ほかのみんなはちがうと言った。だって、ほかのみんなはハンマーを投げなかったので、だれが勝ったかわからないんだ。

でもぼくは、クロテールがチャンピオンだと思う。だれが投げても、クロテールにはかなわなかったろう。

だってクロテールは、空き地からコンパニさんの食料品店のショーウィンドウまでハンマーをとばしたんだもの！

Le code secret

ジョフロワの秘密の暗号

読者のみんなも知ってると思うけど、授業ちゅうに友だちと話すのはむずかしいし、いつも見つかってしまうよね？　もちろん、となりの席の友だちとなら話せるけど、でも、どんな小さな声で話しても、先生にはすぐに見つかってしまって、「そんなにお話しするのがすきなら、黒板の前に出てきなさい。あなたがどれくらいお話しができるか、きかせてもらいます！」と言われるんだ。そして、県と県庁所在地の名前を質問される。こうなると、すごくこまるんだよ。

話したいことを紙きれに書いてまわすこともできるけど、これもたいてい先生に見つかって、紙きれを先生の机にもって行かなければならなくな

るし、そのあとで校長先生のところへもって行くことになるんだ。紙きれには、〈リュフユスはちょっとおかしい。つぎへまわせ〉だの、〈ウードはへんな顔をしている。つぎへまわせ〉だのと書いてあるので、校長先生は、きみはやくざな人間になり、刑務所で一生をおえるにちがいない、そうなると、どんな犠牲をはらってでもきみをりっぱな人間に育てようとされたパパとママが、どんなに悲しい思いをされることだろう、とお説教され、そして居のこりの罰をうけることになるんだ！

けさ、最初の休み時間に、ぼくらがジョフロワの考えをすごいと思ったのは、そのためなんだ。

「ぼくは、すばらしい暗号を発明したんだ」と、ジョフロワがぼくらに言った。「ぼくら友だちだけがつかえる、秘密の暗号なんだ」

ジョフロワはぼくらに、一つの文字を一つの身ぶりであらわすことを教えた。たとえば、鼻に指をあてると、それは〈a〉、指を左目にあてると〈b〉、指を右目にあてると〈c〉で、ぜんぶの文字にそれぞれちがった身ぶりがあり、耳をかいたり、あごをなでたり、頭をポンポンたたいたり、さいごに寄り目をつくる〈Z〉まであって、すごいんだよ！

だけどクロテールは、一つもおぼえられなかった。クロテールが言うには、自分にとってはアルファベットがすでに暗号なので、友だちと話すための新しい文字をおぼえるよりは、休み時間まで待って、言いたいことを言うほうがいいんだって。

アニャンはもちろん、秘密の暗号のことをなに一つ知りたがらなかった。クラスで一番で先生のお気に入りのアニャンは、授業ちゅうは先生の話をきいたり、先生に質問してもらうほうがすきなんだ。

どうかしているんだよ、アニャンは！

でも、ほかのみんなは、ジョフロワの暗号がとてもすば

らしいと思った。秘密の暗号は、とても役に立つ。ぼくらが敵とたたかっているさいちゅうでも、いろんなことが連絡できて、しかも敵にはわからないから、勝利はぼくらのものになるからね。

そこでぼくらはジョフロワのまわりに集まって、暗号を教えてくれるようにたのんだ。ジョフロワはぼくらに、自分とおなじことをするように、と言った。ジョフロワが指で鼻にさわったので、ぼくらも指で鼻にさわり、ジョフロワが片目に指をあてたので、ぼくらも片目に指をあてた。

ムシャビエール先生がやってきたのは、みんなが寄り目をしているときだった。ムシャビエール先生は、上級生よりすこし年上だけどそんなに年上じゃない新しい生徒指導の先生で、学校で生徒指導の先生をやるのはこれがはじめてらしいんだ。

「ねえ、きみたち」と、ムシャビエール先生がぼくらに言った。「きみたちが百面相でいったいなにをたくらんでいるのか、きみたちに聞くようなことはしないけど、これだけは言っておくよ。もしいつまでもそんなことをつづけるなら、全員に、木曜日に登校する罰をあたえる。わかったかい？」

そう言うとムシャビエール先生は、行ってしまった。

「よし」と、ジョフロワが言った。「きみたち、暗号をおぼえたね？」

「こまることがあるんだけど……」と、ジョアキムが言った。「〈b〉と〈c〉を右目と左目で区別することなんだけど。パパの車を運転するときのママみたいに、ぼくはいつも、右と左をまちがえちゃうんだ」

「なんだ、たいしてかわらないよ」と、ジョフロワが言った。

「なんだって！　たいしてかわらないって？」と、ジョアキムが言った。「ぼくがきみに〈まぬけ〉と言いたいのに、〈ぬまけ〉と言うとしたら、ぜんぜんちがってしまうだろ」

「きみは、だれに〈まぬけ〉と言うつもりだって？　まぬけめ」と、ジョフロワが言った。

でも、ジョアキムとジョフロワは、けんかをする時間がなかった。ムシャビエール先生が休み時間のおわりのカネをならしたからだ。ムシャビエール先生がきてから、休み時間がだんだんみじかくなってきてるんだよ。

整列をするとき、ジョフロワがぼくらに言った。

「授業ちゅうにメッセージを送るからね。そうすれば、つぎの休み時間に、だれがわかったかがわかる。きみたちに言っとくけど、秘密の暗号がわからないやつは、もう友だちじゃないぞ！」

「へえ！　そうかい」と、クロテールが言った。「じゃジョフロワくんは、役に立ちもしない暗号をぼくがおぼえられないので、ぼくを仲間はずれにすると決めたんだな！　そうなんだな！」

すると、ムシャビエール先生がクロテールに言った。

「きみは、つぎの文の動詞を変化させて、わたしに提出しなさい。――ぼくは整列ちゅうにおしゃべりをしてはいけない、とくに、休み時間のあいだにたっぷり、つまらないおしゃべりをしたあとでは――これを直接法と接続法に活用させること、いいね」

「秘密の暗号をつかっていたら、罰をうけずにすんだのに」と、アルセストが言ったので、ムシャビエール先生はアルセストにもおなじ罰をあたえた。アルセストって、いつもぼくらを笑わせてくれるんだよ！

教室では先生がぼくらに、これから宿題を黒板に書くので、それをノートにうつすように、と言った。それでぼくは、とくにパパのことを考えて、とてもまずいことになったと思ったんだ。だってパパは、会社から帰ってくるとつかれているから、算数の宿題はあまりやりたがらないんだもの。

先生が黒板に書いているあいだに、ぼくらはみんなジョフロワのほうをふり向いて、ジョフロワがメッセージを出すのを待った。するとジョフロワが身ぶりをはじめたけど、身ぶりが早いので、言ってることがよくわからなかった。

それからジョフロワは身ぶりをおえてノートに問題をうつしたけど、ぼくらがまだジョフロワを見ていたので、もう一度身ぶりをやりはじめた。ジョフロワは両方の耳に指を入れてから頭を何度もたたきはじめたんだけど、これがとてもおかしかった。

ジョフロワのメッセージはものすごく長いので、ぼくらは算数の問題をうつすことができなくて、こまってしまった。メッセージを見落として意味がわからなくなるのがこわかったので、ぼくらは、教室のいちばんうしろにすわっているジョフロワを、じっと見ていなければならなかった。

ジョフロワは頭をかいて〈i〉をやり、舌を出して〈t〉をやった。それからジョフロワは、目を大きくあけたまま身ぶりをやめた。ぼくらがみんな前を見ると、先生はもう黒板に書くのをやめて、ジョフロワをじっとにらんでいたんだ。

「はい、ジョフロワ」と、先生が言った。「わたしもあなたのお友だちのように、あなたがおどけるのを見ていますよ。でもずいぶんと長いのね？　さあ、罰として教室のうしろのすみへ行って立ってなさい。休み時間は取り上げにします。それから、あしたまでに、――ぼくは教室でふざけて友だちの気をそらせたり、友だちが勉強するのをじゃましてはいけない――と、百回書いてきなさい」

ぼくらには、ジョフロワのメッセージがまるきりわからなかったので、学校がおわるとジョフロワを校門のところで待っていた。するとジョフロワが、かんかんにおこってやってくるのが見えた。

「教室では、なんて言ってたの？」と、ぼくがきいた。

「ぼくにかまわないでくれ！」と、ジョフロワは大きな声で言った。「秘密の暗号は、もうやめだ！　ぼくはもう、きみたちと口をきかないぞ！」

ジョフロワがぼくらにメッセージの意味を教えてくれたのは、つぎの日だった。ジョフロワは、こう言っていたんだ。

〈みんな、そんなふうにぼくを見るな、ぼくが先生にしかられてしまう〉

L'anniversaire de Marie-Edwige

マリ・エドウィッジの誕生日(たんじょうび)

ぼくはきょう、マリ・エドウィッジのお誕生会に招待された。マリ・エドウィッジというのは女の子だけど、とてもかわいいんだ。髪はうすいブロンド、目は青で、肌がピンク色なんだ。

マリ・エドウィッジは、おとなりのクルトプラクおじさんとおばさんのむすめだ。クルトプラクさんはプチ・テパルニャン・デパートのくつ売り場の主任で、クルトプラクおばさんは、ピアノをひきながらいつもおなじ歌をうたっている。悲鳴がたくさん入った歌なので、ぼくの家からも毎晩とてもよくきこえるんだ。

ママが、マリ・エドウィッジにあげるプレゼントを買ってきてくれた。なべやざるのついた小さなキッチンセットだけど、こんなおもちゃでほんとうにおもしろく遊べるのかどうか、ぼくはふしぎに思うね。

ママはぼくにネイビーブルーの服を着せて、ネクタイをしめさせ、整髪料をたっぷりつけて髪をなでつけた。そしてぼくに、ほんものの紳士のように、うんとおぎょうぎよくしなければいけないと言って、おとなりのマリ・エドウィッジの家までいっしょについてきてくれた。

ぼくはうれしかった。お誕生会は大すきだし、マリ・エドウィッジも大すきだからだ。もちろん、クラスメートのアルセスト、ジョフロワ、ウード、リュフュス、クロテール、ジョアキム、それにメクサンたちに会えるわけではないけど、それでもお誕生会には楽しいことがいっぱいある。ケーキが出るし、カウボーイごっこや、警官とどろぼうごっこで遊べるし、だからお誕生会はおもしろいんだ。

玄関のドアをあけてくれたのはマリ・エドウィッジのママで、ぼくがやってきたのを見て、おどろいたように大きなさけび声を出した。でも、ママに電話をしてきて、ぼくを呼んでくれたのはマリ・エドウィッジのママなんだよ。

マリ・エドウィッジのママはとてもやさしくて、ぼくのことをかわいいわねと言い、ぼくがもってきたすてきなプレゼントを見せるためにマリ・エドウィッジを呼んだ。すると、小さなプリーツのいっぱい入った白いドレスを着たマリ・エドウィッジが出てきたけど、ピンク色の肌にドレスがよく似合って、ほんとうにかわいかった。

ぼくは、マリ・エドウィッジにプレゼントをわたすのがとても心配だった。だって、マリ・エドウィッジはぼくのプレゼントをつまらないと思うんじゃないか、と考えていたんだ。クルトプラクおばさんがママに、プレゼントなどなくてもよろしかったのにと言ったときは、ぼくもほんとうにそうすればよかったと思った。でもマリ・エドウィッジは、キッチンセットをもらってとてもうれしそうだった。だから女の子はへんなんだよ！

ママはぼくにもう一度、うんといい子にするのよと言って、帰って行った。

マリ・エドウィッジの家に入ると、小さなプリーツがいっぱい入った服を着た女の子がふたりいた。メラニーとユドキシーという名前で、マリ・エドウィッジは、ふたりともあたしの親友なのよ、と言った。ふたりと握手をして、ぼくは部屋のすみのいすにすわった。

マリ・エドウィッジは、親友たちにキッチンセットを見せた。するとメラニーが、自分もキッチンセットのもっといいのをもっていると言い、ユドキシーは、メラニーのキッチンセットは自分がお誕生日にもらった食器セットほどよくはないと言った。そして、マリ・エドウィッジとメラニーとユドキシーは、三人で言いあらそいをはじめたんだ。

そのとき玄関のベルが何度もなって、

大ぜいの女の子がやってきたけど、みんな小さなプリーツがいっぱい入った服を着て、つまらないプレゼントを手にもっていた。中には自分のお人形をもってきた子もいたので、それだったら、ぼくもサッカーボールをもってくればよかったなと、思った。

それから、クルトプラクおばさんが言った。

「それでは、みなさんそろったようですから、おやつにしましょうか」

ぼくは、男の子がぼくひとりだとわかって家に帰りたくなったけど、その勇気がなかった。それで食堂に入ったとき、ぼくはとても顔があつくなっていた。クルトプラクおばさんが、ぼくを、レオンチーヌとベルチーユのあいだにすわらせた。マリ・エドウィッジはぼくに、レオンチーヌとベルチーユもあたしの親友なのよ、と言った。

クルトプラクおばさんは、ぼくらに紙の帽子をかぶらせた。ぼくのは、先のとがったピエロの帽子で、ゴムでとめるやつだった。女の子全員がぼくを見て笑ったので、ぼくはますます顔があつくなり、ネクタイで首がしめつけられるようだった。

小さなビスケットとココアのおやつは、おいしかった。そしてロウソクのついたケーキが出てきて、マリ・エドウィッジがロウソクを吹きけすと、女の子たちはみんな拍手をしたんだ。ぼくは、おかしなことに、ぜんぜん食べる気になれなかった。朝ごはんと昼ごはんと晩ごはんをべつにすれば、ぼくがすきなものといったらおやつなのに。休み時間に食べるサンドイッチも、ほとんどおなじくらいすきだけどね。

女の子たちはよく食べ、みんなが一度にしゃべり、よく笑い、自分たちの人形にもケーキを食べさせるふりをしていた。

それからクルトプラクおばさんが、みんな客間に行きましょうと言ったので、ぼくも部屋のすみに行って、いすに腰かけた。

そのあと、両手をうしろにまわしたマリ・エドウィッジが客間のまん中で、小鳥かなにかの詩を暗誦した。それがおわると、ぼくらはみんな拍手をした。するとクルトプラクおばさんが、だれか暗誦したりダンスをしたり歌をうたったりしませんか、ときいた。

「ニコラはどうかしら!」と、クルトプラクおばさんが言った。「ニコラのようなかしこい男の子は、きっと詩の暗誦ができるわね」

ぼくは、のどに大きなボールがつっかえたようになって、頭をふっていやいやをしたけど、それを見て女の子たちがどっと笑った。ぼくが、先のとがった帽子をかぶって、まるであやつり人形みたいなかっこうだったからだろう。

そのあとベルチーユが自分の人形をレオキャディにあずけて、はずかしそうに舌を出してからピアノをひきはじめたけど、おわりの部分をわすれてしまって、泣きはじめたんだ。するとクルトプラクおばさんが、とてもじょうずだわと言ってベルチーユにキスをし、ぼくらに拍手をするように言ったので、女の子たちはみんな拍手した。

それからマリ・エドウィッジが、じゅうたんのまん中に、もらったプレゼントをぜんぶひろげ、女の子たちはさけび声や笑い声を立てはじめた。だけどそれは、ぼくがもってきたキッチンセットや、もっと大きなべつのキッチンセット、ミシンや人形のドレスや小さなタンスやアイロンなどばかりで、ほんとのおもちゃと言えるものはひとつもなかった。

「ニコラはなぜ、みんなと遊ばないの？」と、クルトプラクおばさんがきいた。

ぼくはだまったまま、クルトプラクおばさんの顔をじっと見つめた。するとクルトプラクおばさんは両手をたたいて、大きな声で言った。

「そうだ、いいことがありますよ！　ロンドをおどりましょう！　おばさんがピアノをひきますから、みなさんがおどるのよ！」

　ぼくはロンドをおどりたくなかったけど、クルトプラクおばさんがぼくの腕をつかみ、ぼくはブランディーヌとユドキシーと手をつなぐことになった。みんなで輪になると、クルトプラクおばさんがピアノをひきはじめ、ぼくらはぐるぐるまわり出した。もしクラスメートにこんなところを見られたら、転校しなければならないぞ、とぼくは思った。

　やがて呼びりんがなって、ママがぼくをむかえにきた。ぼくはママの顔を見て、とてもうれしかった。

「ニコラはいい子ね」と、クルトプラクおばさんがママに言った。「わたしは、こんなにおぎょうぎのいい男の子を、これまでに見たことがないわ。ニコラは、すこしはずかしがりやさんなのかしらね。でも、いままでうちにきた男の子のなかでは、ニコラがいちばんおりこうさんだったわ！」

ママは、すこしおどろいたような顔をしたけど、にこにこしていた。家に帰っても、ぼくはだまっていすにすわっていた。帰ってきたパパがぼくを見て、なにがあったのかママにきいた。

「わたし、ニコラを見なおしたわ」と、ママが言った。「ニコラは、おとなりのおじょうちゃんのお誕生会に呼ばれたのよ。男の子はニコラひとりだったのね。それでクルトプラクさんのおくさんがね、ニコラはいちばんおぎょうぎがよかったですよって！」

パパはあごをなでてから、ぼくのとんがり帽子をとって、ぼくの髪をなで、手についた整髪料をハンカチでふいて、ほんとうに楽しかったのかいとぼくにきいたので、ぼくはとうとう泣き出したんだ。

パパは笑ったけど、その晩ぼくを、カウボーイがいっぱい出てきて、乱闘をしたりピストルをバンバンうち合ったりする映画につれて行ってくれたんだ。

物語をより楽しむために④

小野萬吉

サンペとゴシニの「プチ・ニコラ」シリーズ第四巻、『プチ・ニコラと仲間たち』の原作は、一九六三年の刊行です。

第三巻で、二年分の夏休みを大いに楽しんだわれらがニコラくんは、ゆかいなパパとやさしいママに見まもられてすごす、毎日の生活にもどります。本書には、合計十六のお話がおさめられています。学校と放課後の出来事が九話と、お休みの日の出来事が七話です。

学校でのニコラは、友だちとなかよく元気に遊びます。ラジオのベテラン・レポーターも、レントゲン検診のドクターたちも、ニコラたちのいたずらにはお手上げです。学校がお休みの日には、例の〈空き地〉に出かけ、キャンプごっこや陸上競技会で大あばれ。そのほかの日には、家に友だちを呼んだり、友だちの家に呼ばれたり。読者のみなさんも同じように、お誕生日などには、友だちを招待したり、友だちに招待されたりしているのでしょうけれども、みなさんのママは、アルセストのママと、メクサンのママと、マリ・エドウィッジのママと、それからニコラのママと、どのママにいちばん似ていると思いますか。

それはさておき、人を招いたり、人に招かれたりすることは、フランス人にとって、ひじょうにたいせつな習慣なのだということを、みなさんは知っていますか。家族だけの食事が一週間もつづいたら、ふつうのフランス人なら、死ぬほど退屈に思うにちがいありません。気心の知れた友だちや知り合いの人たちと、おしゃべりをしながらにぎやかな食事をする、これこそ平均的なフランス人の大きな楽しみのひとつなのです。

みなさんは、食事のとき、べらべらとおしゃべりばかりして、パパやママに、だまって早くお食べなさいと注意されたことはありませんか。でも、これはフランスでも同じこと。子どもが食卓の中心になることは、その子どもの、なにかのお祝いのときでもなければ、まずありえないのです。食事の主役は、たいていおとなたちです。というのも、食事がフランス人にとっては、とても重要なおつきあい（社交）の場だからです。国が変わり、文化が異なると、万事が万事、このようにちがってくるものなのです。どこかの国のえらい人のように、そのへんの事情をわきまえず、自分の都合だけでものを言っていると、だれからも相手にされなくなってしまいます。

ところで、読者のみなさんは、ニコラの学校に、校長先生や担任の先生のほかに、デュボンさんという人がいるのを知っていますか。おや、知らないですか。それじゃ、ブイヨンなら、どうですか。じつは、デュボンというのは、生徒指導ブイヨンのほんとうの名前なのです（ブイヨンは上級生がつけたあだ名で、その由来は、シリーズ第一巻で、ニコラが説明しています）。ニコラたちが遊んでいると、すぐにじゃまをしにくるし、遊び道具を没収したり、罰をあたえたり、いわば悪役を一手にひきうけているブイヨンですが、どこか憎めないところがあります。ほんとうは、とてもまじめな、いい人なのかもしれません。

生徒指導の役目は、先生のように学科を教えるのではなく、生徒の学内での行動に目をくばったり、授業の開始や終了の合図のカネをならしたり、その他いろいろな雑用をひきうけることです。日本式に言えば、生活指導の先生と用務員さんを合わせたような仕事だと考えてください。とにかく、ニコラの休み時間には、なくてはならないキャラクターですよね、ブイヨンは。

René Goscinny

ルネ・ゴシニ 略伝

《わたしは、一九二六年八月十四日、パリに生まれ、その後すぐに成長をはじめました。翌日、八月十五日は、わたしたちは外出しませんでした》

彼の家族はアルゼンチンに移住、彼はすべての就学期間をブエノスアイレスのフランス語学校ですごす。《教室では、ほんとうに落ち着きのない子どもでした。同時に、むしろよくできる生徒でもあったので、退学にはなりませんでした》。彼が、キャリアをはじめるのは、ニューヨークにおいてである。

一九五〇年代初めにフランスに帰国、一連の伝説のヒーローたちを生み出す。ゴシニは、ジャン＝ジャック・サンペとともに、『プチ・ニコラ』の冒険を創案、有名な小学生の成功をもたらす子ども言葉を案出する。次いで、ゴシニは、アルベール・ユデルゾと『アステリックス』を発表する。

小柄なガリア人の勝利は、驚くべきものであろう。百七の国語と地域言語に翻訳され、アステリックスの冒険は世界で最も読まれている作品となっている。多作な著者は、このほかに、モリスと西部劇ベデ（バンド・デシネ）『ラッキー・ルーク』、タバリーとベデ『イズノグード』、ゴットリブとユーモアベデ『レ・ディンゴドシエ』、その他を手がけた。

コミック誌「ピロト」を先頭に、彼はベデを大変革し、ベデを《第九の芸術》に格上げした。

ゴシニは映画人として、ウデルゾとダルゴとともに、スタジオ・イデフィクスを立ち上げる。彼は、アニメーション映画の傑作、『アステリックスとクレオパトラ』、『アステリックスの十二の仕事』、『デイジータウン』、『バラード・デ・ダルトン』などを世におくる。その死後、彼の映画作品の全体に対しセザール賞が与えられた。

一九七七年十一月五日、ルネ・ゴシニは五十一歳で死んだ。エルジェは、《タンタンは、アステリックスの前に頭を垂れる》と、弔意を述べている。

彼のヒーローたちは、彼より生き延びているし、彼が作り出した多くの決まり文句が、わたしたちの日常言語の中に使われている。《彼の影よりも速く撃つ》、《カリフの代わりにカリフになる》、《小さいときにその中に落ちた》、《魔法の薬を見つけて》、《このローマ人たちは、まともではない》などである……。

《わたしは、この作中人物にまったく特別な愛情をもっている》と、ゴシニをして言わしめた、ニコラ。天才的シナリオ・ライター、ゴシニが作家としての力量と才能を示したのは、心を打つ天真爛漫さをもち、恐るべき悪ふざけにも興じるいたずらっ子プチ・ニコラの冒険を介してなのである。

Jean-Jacques Sempé

ジャン=ジャック・サンペ

略伝

《子どもだったころ、バラック小屋がわたしのたったひとつの楽しみだった》

サンペは、一九三二年八月十七日、ボルドーに生まれた。学業、芳しからず、ボルドーモダンカレッジを、規律無視により退学、実社会に飛び出す。ワインブローカーの雑役係、臨海学校の補助教員、事務所の給仕など……。

十八歳で、徴役年齢に達する前に兵役を志願、パリに出る。彼は新聞社の編集室に頻繁に出入りして、一九五一年、「シュッド・ウエスト」紙に最初のデッサンを売る。彼とゴシニの出会いは、サンペの《新聞挿し絵画家》の輝かしいキャリアの始まりと完全に符合する。『プチ・ニコラ』とともに、彼は、以来、われわれの想像の世界を覆い尽くす悪童どもの肖像の忘れがたいギャラリーを生き生きと描写する。小学生の冒険と並行して、彼は一九五六年、「パリ・マッチ」誌にデビューし、その後非常に数多くの雑誌に参加する。

彼の最初のデッサン・アルバム『何ごとも簡単ではない』は、一九六二年に上梓される。それ以後、我々の悪癖と世間の悪癖の、やさしくもアイロニカルなヴィジョンをみごとに伝えるユーモアの傑作が、三十作ほど続くだろう。

マルセラン・カイユー、ラウル・タビュラン、そしてムッシュー・ランベールの生みの親であり、鋭い観察眼とすべてを笑いとばす胆力を併せもつサンペは、この数十年来、フランスの最も偉大な漫画家のひとりとなっている。

彼個人のアルバムの他に、パトリック・モディアノの『カトリーヌ・セルティチュード』、あるいは、パトリック・ジュースキントの『ゾマーさんのこと』に挿し絵を描いている。

サンペは、非常に有名な雑誌「ニューヨーカー」の表紙を描いた、数少ないフランス人挿し絵画家のひとりであり、今日でも、「パリ・マッチ」の中で、多数の読者の笑いを誘い続けている……。

訳者紹介

小野萬吉（おの・まんきち）

1945年和歌山県生まれ。京都大学文学部仏文科卒業。訳書に『共犯同盟』、「プチ・ニコラ」シリーズ、「プリンス・マルコ」シリーズなどがある。

編集　来田義秀
校正　株式会社円水社
装丁・本文デザイン　河内沙耶花（mogmog Inc.）

プチ・ニコラシリーズ❹

プチ・ニコラと仲間たち

発行日　2020年6月25日　初版第1刷発行

作者　ルネ・ゴシニ　ジャン=ジャック・サンペ
訳者　小野萬吉
発行者　秋山和輝
発行　株式会社世界文化社
〒102-8187 東京都千代田区九段北4-2-29
電話　03-3262-5118（編集部）03-3262-5115（販売部）
印刷・製本　中央精版印刷株式会社
DTP製作　株式会社明昌堂

ISBN978-4-418-20807-4